親子で学ぶ

こいずみ やくも
小泉八雲

発刊によせて

松江歴史館館長　**藤岡　大拙**

　宍道さんの「親子で学ぶ」シリーズの第９弾は、国際観光都市松江市制定70周年記念として、小泉八雲がとりあげられています。今までは、松江城、歴代藩主、富田城、石見銀山など、近世の歴史事象をあつかったものが多かったのですが、今回は明治23年に松江の島根県尋常中学校に英語教師として赴任した小泉八雲（ラフカディオ・ハーン）の一生、特に日本における生活や活動を、松江を中心にしてとりあつかっています。

　宍道さんは巻末の著者略歴にもあるように、考古学を専攻され、小学校教師として郷土学習に大きな実績をのこされましたが、のち行政に転じ、島根県埋蔵文化財調査センター所長、島根県教育庁文化財課課長を歴任。再び教育現場に戻って小学校校長を務められるという、広範な世界で活躍されました。今でもその知識と経験を活かし、社会教育活動に尽瘁しておられます。何よりも、研究熱心教育熱心で、その情熱は衰えることはありません。

　今回、小泉八雲をとりあげたのは、小学３年のかわいい孫娘が、「八雲について教えてよ」と言ったことによるそうです。そこで、宍道さんは本格的に八雲を研究することになりました。調べてみると、子どもたちに分かりやすく書いた八雲の本が見当たらない。そこで宍道さん自身が子どもたちのための小泉八雲を書こうと思い立ったそうです。宍道さんはあらためて八雲の代表作、『知ら

れぬ日本の面影』『東の国から』『心』『怪談』などを熟読し、さらに『西田千太郎日記』も読破するほど、精魂を傾けました。

　松江での生活はわずか1年3か月ですが、八雲の日本における活躍の原点は神々の国出雲であるだけに、八雲の松江での生活を中心に据え、次いで熊本・神戸・東京での生活や活動を追っています。世間で言われるように、八雲は日本のすぐれた文化を世界に紹介した学者でしたが、宍道さんは研究の過程で気づいた点をつけ加えています。例えば、八雲が幼少年期を不遇な環境で育ちながら、たくましく成長したこと。松江市が国際文化観光都市になったのは、八雲の存在が大きかったことなどが述べられています。

　マアちゃんは6年生のはずですが、すべての漢字にルビを振り、難しい単語に解説が付してあるのは、3年生の愛孫を意識してのことでしょう。それにしても、子どものために小泉八雲をこれほど分かりやすく、読みやすく記述した本を、私は寡聞にして知りません。その意味で、宍道さんは画期的な仕事をされたと思います。小学生はもちろんのこと、大人が読んでも、八雲が郷土にとってかけがえない人物だったことが理解できるでしょう。

　なお、毎回のことですが、写真、図表、イラストなども、理解を深める上で非常にすぐれていることを強調したいと思います。

特別寄稿

小泉八雲記念館館長・小泉八雲曾孫　**小泉　凡**

　小泉八雲作品の詳細な文献目録をつくったアメリカ人研究者・パーキンス氏は、「松江や出雲ほど直接みたことない世界の人たちに知られた場所はほかにないし、こんな完全な旅行ガイドブックに恵まれた土地もまれだ」と70年前に書いています。これは、『知られぬ日本の面影』という、小泉八雲のすぐれた山陰の印象記が、初版だけで26回も増刷されるベストセラー、さらにロングセラーになった、その世界的影響について示唆したものです。

　はからずも、そんな「世界に知られた松江」が国際文化観光都市になって2021年で70年。本書を手掛かりに、八雲が五感でとらえた松江の魅力、八雲の54年におよぶ地球半周の片道切符の旅の意味を、読者のみなさんに再考していただきたいと思います。

　16歳で左目を失明した八雲は五感を研ぎ澄ませて自然や文化を観察するすべを身につけます。また幼い時の母との別れ、左眼失明、養育者の破産、アメリカでの貧窮生活、マラリアや腸チフスへの感染など、人生の苦難を十分に経験し、それをバネに、弱者に寄り添い偏見の少ない「オープン・マインド」で対象を見つめ、物の本質を理解する能力を身につけてきたように思います。

　上から目線で怪談や妖怪を見つめなかった八雲は、「超自然の世界には一面の真理」があることを、多くの怪談作品の再話を通して説きました。カリブ海のマルティニーク・松江・神戸で体験した天然痘とコレラの流行からは、非常事態におかれた人々の底抜けの勇気とやさしさを見出しています。現代社会と八雲の接点も、本書から見出していただければ幸いです。

も く じ

プロローグ

　冬休みが終わって、3学期が始まりました。松江市内の小学校に通う3年生のマアちゃんは、大の社会科勉強好き。この日も3〜4年生用社会科副読本『私たちの松江』のページをめくりながら、食卓で遅い夕食を済ませたお父さんに向かって、笑顔で話しかけました。

マアちゃん「お父さん、1月から小泉八雲の勉強が始まったんだ。小泉八雲という人は、この本にのっているくらいだから、すごい人なんだねえ。」

　お父さんは仕事で疲れていましたが、元々、多少は歴史や文学方面に興味をもっていましたから、マアちゃんの方に顔を向け、まじめに耳をかたむけてやりました。

マアちゃん「ぼくねえ、最初"小泉八雲"という名前だけ聞いた時、昔の日本の『お侍』かと思ったよ。ほら、この写真を見て、びっくりしたよ。外国人だね。でも、途中から日本人になったんだね。」

お父さん「マアちゃん、この、ちょっと下を向いた写真ではよくわからないけど、実は左目は失明しているんだ。」

マアちゃん「えっ、そうなの‼それなのに、たくさんの作品をよく書かれたねえ。すごい‼今日、ぼくたち3年4組の第2グループは『小豆磨ぎ橋』というお話を"紙芝居"にしようと決めたばかりなんだけど、

小泉八雲
小泉八雲記念館提供

左目が見えないのに、よくあんなにすばらしいお話が書けたねえ。ぼくは、『飴を買う女』とか『化け亀』など、八雲が書いたこわい話が大好きなんだ。」

お父さん 「フーン、そうか、マアちゃんは、そういうところから八雲を知っているんだねえ。でもマアちゃんが知っているのは八雲のごく一部分だね。八雲の本当のすごさ、すばらしさ、偉大さ、つまり八雲のすべては、今のマアちゃんの知識をはるかに超えているよ。」

マアちゃん 「じゃあ、お父さん、それなら、ぼくにもそれがわかるようにもっともっとたくさん教えてちょうだい。」

お父さん 「よし、わかった。お父さんも不勉強でよくわからないことがたくさんあるけど、いろいろ調べて、マアちゃんに教えてあげよう。お父さんもいっしょに勉強だー!!」

　一気に親子で盛り上がったこの日の夜でした。

7

苦難（苦しい）の半生をのりこえて
～誕生から日本へやって来るまで～

　さっそく次の日曜日、お父さんはマアちゃんを連れて松江市奥谷町の塩見縄手にある小泉八雲記念館を訪れました。入口右隣りの映像コーナーはあとで学習することにして、まっすぐ展示室に入りました。

マアちゃん「うわー、すごい、たくさん展示品があるねえ。」

　マアちゃんは一瞬、まったくちがう別世界に入り込んだ何とも言えない気分。そして、たくさん勉強しよう、という気持ちになりました。お父さんも張り切っていますからすぐに目の前のパネルを使って、マアちゃんに語り始めます。

お父さん「パトリック・ラフカディオ・ハーンつまり小泉八雲は、1850年（日本では江戸時代の終わり頃の嘉永3年）6月27日、ギリシャで生まれたんだ。」

マアちゃん「あっ、ギリシャなら、知っているよ。オリンピックが始まった所で、今年東京オリンピックの聖火がこの国で太陽の光を集めて灯された場面をテレビのニュースで見たよ。首都アテネは、大昔、古代ギリシアの国の中心で、有名な神殿ものこっているらしいよ。」

お父さん「マアちゃん、よく知っているねえ。八雲はそのアテネから少し離れたギリシャ西部のイオニア海に浮かぶレフカダ島で生まれた。」

お父さんはカバンの中から地図を取り出して、場所を示しました。

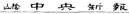

マアちゃん「レフカダ？　あっ、わかった。レフカダで生まれたから、それにちなんで、ラフカディオという名前にしたのかあ!!」

お父さん「マアちゃん、鋭いねえ。よくわかったねえ。」

マアちゃん「八雲がギリシャ生まれだったとは初めて知ったよ。ということは、ぼくたちの松江とギリシャとは少しは縁があるね。」

お父さん「そうなんだよ。だから今から31年前、1989年（平成元年）、松江市が誕生して100年になることを記念して（市制百周年記念事業）、当時の市内中学生30名が、ここギリシャなど八雲を橋わたしとして松江市とのかかわりがあるヨーロッパの国々（イギリスなど５か国）を訪問したんだ。実はマアちゃんのおじさんもその時のメンバーの一人だったんだよ。」

山陰　**中　央　新　報**　　平成元年５月２４日（水曜日）（18）

「中学生派遣団」が出発
八雲ゆかりのダブリンも
欧州５カ国を訪問

松江

父母らの見送りを受けて元気良くバスに乗り込む派遣中学生＝松江市西津田、プラバホール前

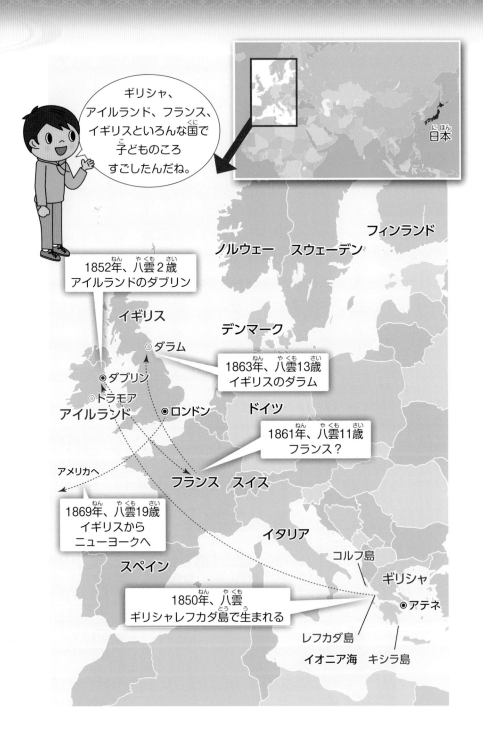

マアちゃん「へえー、そんなことがあったなんて知らなかったよ。」

お父さん「八雲が生まれた所つまりギリシャの生誕地には、この八雲記念館の真正面『塩見縄手公園』の中にある小泉八雲の『胸像』と同じものが建っているんだ。」

塩見縄手公園の中にある小泉八雲の胸像

マアちゃん「へえー、そうだったの？じゃあ、記念館の見学が終わったらその公園へ行ってその胸像を見ようっと。」

お父さん「話を元に戻すよ。八雲のお父さんは、チャールズ・ブッシュ・ハーンというアイルランド人で、当時、となりの国イギリスの軍隊のお医者をしていた。」

マアちゃん「アイルランドなら、ぼくも知っているよ。ほら、ここ。イギリスの西どなりのアイルランド島の南半分から2/3くらいの国だね。」

お父さん「しかし、その頃、アイルランドは独立した国ではなかったから、生まれた八雲はイギリス人として戸籍に入ったんだね。」

マアちゃん「お母さんは？」

お父さん「ローザ・アントニウ・カシマチというギリシャのキシラ島生まれの人だった。」（地図で場所を示しながら）

マアちゃん「ということは、八雲を通してますますギリシャと松江は縁が深いことになるねえ。」

お父さん「八雲はこの両親の二男として生まれたんだ。そして八雲が2歳になった1852年、お父さんの実家があるアイルランドのダブリン（今のアイルランドの首都）に引っ越したんだ。」

マアちゃん「じゃあ、このアイルランドやダブリンは、八雲を通

じて最初のギリシャと同じように、松江市とかかわりができたね。」

お父さん「そうなんだ。だから、さっき紹介した松江市中学生派遣団は、ここアイルランドのダブリンも訪れ、八雲がその頃住んでいたという所も（今は別の人が住んでいるけど）見学したんだ。そしてダブリンでは１泊２日のホームステイの経験もしたんだよ。」

マアちゃん「へえー、じゃあ、ぼくのおじさんもホームステイしたんだねえ。くわしい話を聞かせてもらおうっと。それから今気がついたけど、ぼくたちの３月の学校給食のメニューに『アイルランド料理』が入っているんだ。それは３月に松江市でアイルランドフェスティバルが開かれるからなんだ。八雲ゆかりの国と松江市の関係を知らせるためなんだね。」

アイリッシュシチュー

アイルランドで食べられるシチューを参考にした学校給食メニュー

松江市提供

お父さん「むずかしい言葉で言うと、松江市との『友好関係』『国際交流』だね。今ではアイルランドから松江市役所へ『国際交流員』が派遣されているよ。」

マアちゃん「その国際交流員をテレビで見たことがあるよ、お父さん。確か公民館でアイルランド料理講習会だった。」

お父さん「あっ、そうそう、アイルランド東南のトラモアという所には『小泉八雲日本庭園』があるらしいよ。」

マアちゃん「へえー、すごいね。アイルランドに日本庭園があるなんて。」

お父さん「ところが、ここから八雲の幼い頃の不幸が始まるんだ。」

マアちゃんは、急に声を落としたお父さんを神妙な顔つきになって見ます。

お父さん「４歳の時（1854年）、お母さんは、自分にとっては外国のアイルランドの気候や文化や生活のちがいになじめなかったんだろうねえ。八雲を残して、生まれ故郷ギリシャのキシラ島に帰ってしまったんだ。しかも、なんと悲しいことに、その後、八雲は２度とお母さんに会うことはなかったんだ。さらに、７歳の時（1857年）には、お父さんが再婚（別の女性と結婚）して、インドへ行ってしまうんだ。そこで八雲は大叔母（親のおばさん）のサラ・ブレナンに引き取られて、育つことになるんだよ。」

マアちゃん「うわー、かわいそうだなあ、八雲が…。」

お父さん「さて、大叔母さんの家で育てられながら勉強（家庭教育）していた八雲少年はその後、13歳になると、イギリスの北イングランドのダラムにあるカトリック系の学校セント・カスバードカレッジに入学した。ここは全寮制といって、生徒は全員が寮（食事や宿泊をみんないっしょにする建物）に入るという学校。ところが、その３年後、16歳（1866年）のある日、友だちと遊んでいる時、大変なケガをしてしまい、左目が見えなくなったんだよ。」

マアちゃん「うわー、ショックだったろうねえ。片方しか見えないなんて。」

お父さん「そしてこの年11月、お父さんがマラリアという病気で死んだんだ。48歳だった。さらに17歳（1867年）の時、八雲を親代わりに育ててくださっていた大叔母ブレナンの家が破産（財産をなくしてしまった）。だから、八雲がカレッジで勉強したり生活するお金が途だえてしまったんだ。」

マアちゃん「うわー、なんということだ。八雲にとって不幸なことが次々と起こったねえ。まるで谷のドン底に落ちてしまった八雲だねえ。それで、かわいそうな八雲はどうしたの？」

お父さん「仕方なく、学校を中途でやめて、19歳（1869年）の時、一人で、しかもほとんどお金もない無一文で、移民船（外国へ移り住む人々を乗せて運ぶ船）に乗ってアメリカに渡ったんだ。」

マアちゃん「へえー、思いきったことをしたねえ。」

お父さん「9月にニューヨークへ上陸した後、親せきを頼って、シンシナティへ行き、そこで印刷屋ヘンリー・ワトキンと出会う。そこで仕事を教わりながら、貧しい生活の中でも、図書館へひんぱんに通い続け、「物語」を書き始めた。やがて、その実力がみとめられたんだね。24歳（1874年）の時、『シンシナティ・エンクワイアラー』という新聞社の正式社員になることができたんだよ。」

マアちゃん「よかったねえ、やっと、一安心だ。」

お父さん「ところが、今では考えられないことだけど、その年6月、異なった人種の女性アリシア・フォリーと結婚したため、会社をやめさせられ、別の新聞社『シンシナティ・コマーシャル社』に移ったんだ。でも、結局、その後の二人の生活はうまくいかなかった。27歳（1877年）の時、離婚した。それから八雲は『シンシナティ・コマーシャル社』を退職し、通信員としてニューオーリンズの『デイリーシティ・アイテム』という新聞社に入社。ここでアメリカ南部では初めてというさし絵（イラスト）入りの記事を書き、すごく評判になった。」

マアちゃん 「やっと調子が出てきたね。」

お父さん 「そう。30歳（1880年）の頃、名前も上がって、八雲のイラスト入り記事はますます好評。31歳（1881年）の時タイムズ＝デモクラットという新聞社の文芸部長になる。やがて32歳（1882年）の時、とうとう『クレオパトラの一夜とその他幻想物語集』という本を自費出版。ただし、残念なことに、この年、ギリシャのコルフ島の病院でお母さんローザが亡くなっている。（58歳）」

マアちゃん 「八雲は7歳の時に別れたままのお母さんに一目でも会いたかっただろうねえ。」

「アイテム」紙に掲載された
八雲自筆の木版画
小泉八雲記念館提供

お父さん 「八雲はその後も新聞記者をしながら34歳（1884年）の時、『異邦文学残葉』を出版するなど、文筆活動（文章を書く仕事）に精を出していく。そして日本へやってくるきっかけとなった運命的な出会いが待っていた。それは、35歳（1885年）の時、ニューオーリンズ万国産業綿花百年記念博覧会（万博）で取材をしたことだったんだよ。その時、日本館（日本の品物を展示する建物）の展示品に強く心がひかれたようだ。日本の文化のすばらしさに直接ふれることができて、心が動かされたようだ。それともう一つ、八雲が初めてアメリカに上陸したニューヨークで、英語に訳された『古事記』を読んだ時の感想も、日本へ訪れてみよ

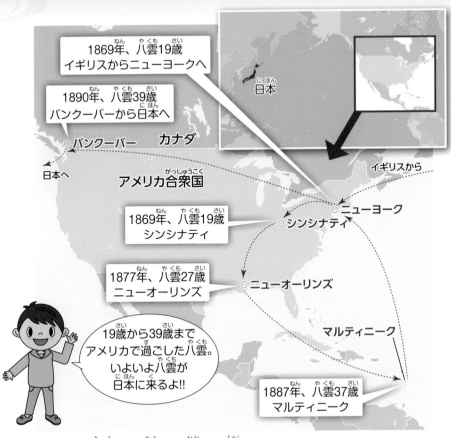

1869年、八雲19歳
イギリスからニューヨークへ

1890年、八雲39歳
バンクーバーから日本へ

日本

バンクーバー　カナダ

イギリスから

日本へ

アメリカ合衆国

ニューヨーク

1869年、八雲19歳
シンシナティ

シンシナティ

1877年、八雲27歳
ニューオーリンズ

ニューオーリンズ

マルティニーク

19歳から39歳まで
アメリカで過ごした八雲。
いよいよ八雲が
日本に来るよ!!

1887年、八雲37歳
マルティニーク

うという気持ちを高める大きな力になったようだね。」

マアちゃん「そうか、そういうことが日本を好きになって、行ってみたいという気持ちに強く影響したのかあ。」

お父さん「その『万博』の会場で、日本政府から派遣（行きなさいと命じられて）された服部一三と出会った。この時のことも二人の間でのやりとりも関係しているだろうね。」

マアちゃん「お父さんの今までの話をきいていると、とにかくニューオーリンズに移ってから、八雲の運が向いてきたような気がするよ。八雲にとってニューオーリンズは忘れられない町になったね。それに日本に行こうという気になったのも、この町に

来てからだし。」

お父さん 「そうだよ。結果的に日本へ、そして松江へと八雲の足が向くきっかけは、このニューオーリンズ。だから、マアちゃん、ニューオーリンズと松江は『友好都市』になって、仲のよいお付き合いを今でも続けているんだよ。」

マアちゃん 「ぼくは、このことも初めて知ったよ。」

お父さん 「さて、その後、37歳の年（1887年）5月、タイムズ＝デモクラット社を退社（退職）すると、カリブ海のマルティニーク島へ移り住んで、2年間も、たくさんの取材をして原稿を書き続けた。そしていよいよ39歳の時（1890年）カナダのバンクーバーから日本へ向けて出発。4月4日、横浜港へ到着。ハーパー社という雑誌社からの派遣員として日本の土をふんだ。ところが、6月に入って、ハーパー社と仲が悪くなり、八雲の不満が高まって、ついに絶縁状（縁を切ります、という手紙）を出してしまったんだ。」

マアちゃん 「そうすると、八雲はフリー（自由）の立場になったね。でも日本で生活していく上で、こまったことになったね。収入がなくなるから。」

お父さん 「島根県や松江市にとってはありがたいことになったわけだ。当時、東京帝国大学（今の東京大学）のチェンバレン教授などのお世話で、島根県の籠手田安定知事と7月19日、島根県尋常中学校と師範学校の英語教師となる契約を結んだよ。」

マアちゃん 「うわー、ずいぶん、ややこしくて、むずかしかったけど、八雲の誕生から松江へやって来るまでのことが少しはわかったよ、お父さん。疲れたから少し休けい時間にしてね。」

第Ⅱ章

松江を大変愛した小泉八雲
～1年3か月の松江でのくらし～

1. 日本に対して大いに興味をもった八雲

　小泉八雲記念館前の塩見縄手公園で小泉八雲の胸像を見たり、記念館や旧居の玄関付近に目を移しながら、しばらく休けいした二人。再び記念館の展示室へ入りました。展示パネルの前に立って、またお父さんの熱心な解説が始まります。

お父さん　「八雲は1890（明治23）年4月4日横浜へ着くやいなや、そうだね、カルチャーショックという感じかなあ。今まで見たこともない、耳にしたこともないことばかりにびっくりしたんだね。たとえば雪をのせた富士山のみごとな形、『のれん』に染めぬかれた漢字、青い着物を着た小さな日本人たち、下駄（西洋にはない）の音、人力車（これも今まで乗ったことがない）の乗り心地、そして横浜周辺のお寺や神社（これも初めて）などなど。すっかり心をうばわれ、まるで、妖精の国にやってきたように見えたらしい。幸い英語が得意な学僧（一人前のお坊さんになるように勉強している青年）真鍋晃と出会って、鎌倉や江の島へも足をのばすことができた。神

18

社やお寺のお供え物やお札にも関心をもったし、一般の人々が、素直に信こうする姿にも感動したようだ。その証拠に、のちに、『極東（つまり日本）の第一日』『江の島詣で』という作品が生まれているからね。」

マアちゃん「そうか。八雲は横浜に着いたとたん、日本に大変興味をもって、もっと知りたいという気持ちになったんだね。」

お父さん「そうなんだ。ところが、横浜で順調に生活していたのに、さっきも言ったように、わずか3か月でハーパー社と縁切れになってしまった。」

マアちゃん「そのおかげで、松江との縁が生まれたんだね。」

2. 松江まで長い旅そして西田千太郎との出会い

お父さん「八雲は1890（明治23）年8月30日、松江にやってきたんだ。」

マアちゃん「お父さん、今だったら飛行機や鉄道あるいは高速道路もあるけど、八雲はどうやって来たの？」

お父さん「横浜で出会ってすっかり親しくなった真鍋晃を通訳にして、二人の旅は始まったよ。まず、横浜から姫路までは鉄道。そこからは人力車を乗りついで、中国山地越えだね。犬挟峠を越えて今の鳥取県倉吉市関金町あたりで山陰道に出る。」

マアちゃん「人力車での旅かあ。つらそうだなあ。自動車とちがって、ずいぶんゆっくりだから何日も乗っていたんだろうねえ。」

お父さん「八雲の名作『知られぬ日本の面影』には『山を越えて古代の神国、出雲へ行く。太平洋から日本海へ、強い車夫に車を曳かせて四日の旅。…』と書いてあってね。この四日とは姫路から松江までの行程のことらしいね。」

19

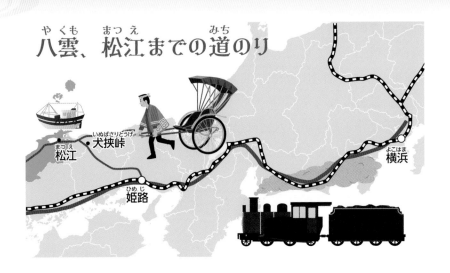

八雲、松江までの道のり

マアちゃん「うわー、4日も。おしりが痛くなりそうだ。」

お父さん「そして米子から松江までは中海そして大橋川を汽船。午後4時松江着。」

マアちゃん「それにしても大変きつい旅をして松江へ着いたんだねえ。」

お父さん「途中、鳥取県西伯郡中山町の下市で盆踊りなどを楽しんだこともあったそうだけど、東京からは10日位の長旅だったようだね。」

マアちゃん「今のぼくたちでは考えられないほど大変な長旅だったねえ。」

お父さん「松江の船着き場で出むかえた人たちの中に、二人の重要な人物がいた。一人は毛利八弥事務官。この人は、東京で島根県知事籠手田安定知事と1890年9月から翌年3月まで島根県尋常中学校（今の高校）と島根県尋常師範学校（学校の先生になるための学校）の英語教師をするという契約を結ぶ時に、立ち会った島根県庁の役人。もう一人は西田千太郎。この人は、島根県尋

20

常中学校の教頭先生。とても誠実な人柄で、八雲が心から信頼した友人となるんだ。英語を使って、松江でのくらしに不慣れな八雲を公私ともに（仕事の上でも、ふだんの生活でも）強く支えた人。八雲が1年2か月後の1891年（明治24年）11月15日に松江を離れてからのちも文通がつづいた〝終生（生涯ずっと）の友〟と言えるね。『西田千太郎なくして小泉八雲の松江はなかった』とさえ、言う人もいるくらいなんだ。」

マアちゃん「へえー、もうこの時、西田千太郎という、それからの八雲にとってとても大切な人と出会うことができたんだねえ。」

お父さん「さっそく八雲は松江で最初の宿となる大橋北詰の富田旅館に入った。」

マアちゃん「今もその旅館はあるの？」

お父さん「今は大橋館という名前になっているよ。帰りに車で近くを通るからその場所を教えてあげよう。」

マアちゃん「アメリカやヨーロッパのホテルとちがって、明治時代の日本の旅館だから、八雲は困っただろうねえ。」

お父さん「八雲は日本語はできなかったけど、前もってアメリカで『古事記』など読んでいたから、日本について相当よく知っていたんだ。例えば浴衣や座布団に慣れる期間がなかったはずなのに、富田旅館に着いたとたん、さっそく浴衣に着がえたんだ。そして、あいさつのために、洋服を着てやってきた島根県庁の職員にはイスにこしかけさせ、自分は座布団に座って応待したんだ。みんなびっくりしたそうだ。」

マアちゃん「そうだね。まるで逆だね。」

お父さん「おそらく、この八雲のふるまいで県庁の人たちにとっての八雲に対する第一印象（最初に感じた印象）は、百点満点だったかもしれないね。」

21

8月・9月

8/30	土	八雲、松江にやって来る
8/31	日	
1	月	
2	火	西田千太郎と島根県庁へ
3	水	島根県尋常中学校へ初めて出校
4	木	
5	金	
6	土	
7	日	
8	月	
9	火	
10	水	
11	木	
12	金	
13	土	通訳の真鍋晃と出雲大社へ
14	日	外国人として初めて出雲大社の昇殿
15	月	出雲大社宝物殿や稲佐の浜へ
16	火	
17	水	
18	木	
19	金	
20	土	
21	日	
22	月	
23	火	
24	水	
25	木	
26	金	
27	土	西田と籠手田県知事のお宅を訪問
28	日	龍昌寺の石地蔵に目をうばわれる
29	月	
30	火	

> 八雲、松江へ来る（1890/8/30）

10月

1	水	
2	木	荒川亀斎の工場を見学
3	金	
4	土	
5	日	
6	月	
7	火	
8	水	
9	木	西田と須衛都久神社と白潟天満宮を参拝
10	金	
11	土	
12	日	
13	月	
14	火	
15	水	
16	木	
17	金	
18	土	
19	日	
20	月	
21	火	
22	水	
23	木	
24	金	
25	土	
26	日	西田が突然3回も血を吐く
27	月	
28	火	
29	水	
30	木	
31	金	

> 10月下旬～11月中旬の頃、富田旅館（約3か月住む）から大橋北詰京店の第2番目の宿へ引越す（約7か月住む）

11月

1	土	
2	日	
3	月	
4	火	
5	水	
6	木	
7	金	
8	土	
9	日	
10	月	
19	水	
20	木	
21	金	
22	土	
23	日	
24	月	
25	火	
26	水	
27	木	
28	金	
29	土	
30	日	

> 富田旅館から第2番目の宿へ引越し（10月下旬～11月中旬）

松江での1年3か月カレンダー

1890/8/30～1891/11/16

12月 1890(明治23)年		1月 1891(明治24)年		2月 1891(明治24)年	
1	月	1	木　日本の着物姿で、正月をむかえる	1	日　西田を見舞った後、大谷正信と人形をもとめて歩く
2	火　松江市鹿島町の佐太神社の神在祭へ	2	金	2	月
3	水	3	土	3	火
4	木　『遍留ん』を彫り込んだ印鑑を作る	4	日	4	水
5	金	5	月	5	木
6	土	6	火	6	金
7	日	7	水	7	土
8	月	8	木	8	日
9	火	9	金　出雲地方に寒波到来(20日まで続く)	9	月
10	水	10	土　[八雲カゼをひく (1/9～1/24)]	10	火
11	木	11	日	11	水
12	金	12	月	12	木
13	土	13	火	13	金
14	日	14	水	14	土
15	月	15	木	15	日
16	火	16	金	16	月
17	水	17	土	17	火
18	木　西田の見舞い	18	日　知事のお嬢さんから鳥カゴをもらう	18	水　知事宅へ。古画を見る
19	金　西田の見舞い	19	月	19	木
20	土	20	火	20	金
21	日　西田の見舞い	21	水	21	土
22	月　西田の見舞い	22	木	22	日
23	火　西田の見舞い	23	金	23	月
24	水	24	土　この日までカゼで学校を休む	24	火
25	木	25	日	25	水
26	金	26	月	26	木
27	土	27	火	27	金
28	日　西田の見舞い	28	水	28	土
29	月　西田の見舞い	29	木		
30	火　西田の見舞い	30	金		
31	水	31	土		

●1月下旬から2月上旬、セツが住み込みのお手伝いさんとして、京店の宿で、八雲の身の回りのお世話をする

3月 1891(明治24)年

日付	曜日	予定
1	日	
2	月	
3	火	
4	水	
5	木	
6	金	
7	土	
8	日	
9	月	
10	火	
11	水	
12	木	
13	金	
14	土	
15	日	
16	月	
17	火	
18	水	
19	木	西田と松江市栄町の円成寺へ
20	金	
21	土	
22	日	
23	月	
24	火	
25	水	
26	木	
27	金	
28	土	
29	日	
30	月	
31	火	火鑽臼と火鑽杵が届く

4月 1891(明治24)年

日付	曜日	予定
1	水	
2	木	
3	金	松江大橋の開通式
4	土	
5	日	西田と松江市南郊の神社巡り
6	月	武内神社 → 六所神社 → 真名井神社 → 蕎麦を食べる → 神魂神社 → 八重垣神社
7	火	
8	水	
9	木	
10	金	
11	土	
12	日	
13	月	
14	火	
15	水	
16	木	
17	金	
18	土	
19	日	
20	月	
21	火	
22	水	
23	木	
24	金	
25	土	
26	日	
27	月	
28	火	
29	水	西田と天神町の天神座でさいさい節を見学
30	木	西田と善光寺へ。蕎麦店栗原屋へ
31	金	

5月 1891(明治24)年

日付	曜日	予定
1	金	
2	土	
3	日	
4	月	
5	火	
6	水	
7	木	
8	金	
9	土	
10	日	西田と安来市の清水寺と雲樹寺に
11	月	
12	火	
13	水	
14	木	
15	金	
16	土	
17	日	
18	月	
19	火	
20	水	
21	木	
22	金	
23	土	
24	日	
25	月	
26	火	「小豆磨ぎ橋」にまつわる橋姫の怪談を聞く
27	水	
28	木	
29	金	
30	土	
31	日	

6月		1891(明治24)年	7月		1891(明治24)年	8月		1891(明治24)年
1	月		1	水		1	土	**西田と杵築へ旅行** （7/26～8/10）
2	火		2	木		2	日	
3	水		3	金		3	月	
4	木		4	土		4	火	天神祭にお参りして、豊年おどりを見学
5	金		5	日		5	水	
6	土		6	月		6	木	
7	日		7	火		7	金	セツもいっしょに3人で日御碕へ
8	月		8	水	カール・フローレンツ博士が八雲を訪ねて松江へ	8	土	
9	火		9	木	**フローレンツ博士 やって来る** （7/8～7/25）	9	日	大社神宮の佐佐鶴城氏を招いて昼食
10	水		10	金		10	月	杵築（大社）から松江に帰る
11	木		11	土		11	火	
12	金		12	日		12	水	
13	土		13	月		13	木	
14	日		14	火		14	金	セツと伯耆へ漫遊旅行 (8/30まで)
15	月		15	水		15	土	**セツと伯耆へ旅行** （8/14～8/30）
16	火		16	木	八雲、西田、フローレンツ博士と松江城と市内めぐり	16	日	
17	水		17	金		17	月	下市
18	木		18	土		18	火	↓ 八橋
19	金		19	日		19	水	↓ 由良
20	土		20	月		20	木	↓ 東郷池
21	日		21	火		21	金	↓ 浜村
22	月	塩見縄手の『ヘルン旧居』に移る	22	水		22	土	
23	火	**第3番目の宿 根岸邸（ヘルン旧居）へ 引越す （6/22）**	23	木		23	日	
24	水		24	金	フローレンツ博士を、松勢水亭でもてなす	24	月	
25	木		25	土	フローレンツ博士米子へ向けて出発	25	火	美保関までもどって、旅館に泊まる
26	金		26	日	西田と杵築（大社）へ旅行(8/10まで)	26	水	
27	土		27	月		27	木	
28	日		28	火	出雲大社へお参り	28	金	
29	月		29	水	八雲と西田、出雲大社に昇殿	29	土	
30	火		30	木	千家宮司宅へお礼のあいさつに行く	30	日	
			31	金	**西田と杵築へ旅行** （7/26～8/10）	31	月	

9月		1891(明治24)年	10月		1891(明治24)年	11月		1891(明治24)年
1	火		1	木		1	日	
2	水		2	金		2	月	
3	木		3	土		3	火	
4	金		4	日		4	水	
5	土	セツと加賀の潜戸へ	5	月		5	木	
6	日		6	火		6	金	
7	月	セツと松江市島根町加賀へ1泊2日（9/5～9/6）	7	水		7	土	
8	火		8	木	八雲、西田に熊本転任の決意を伝える	8	日	
9	水		9	金		9	月	
10	木		10	土		10	火	尋常中学校、師範学校の先生方と送別会
11	金		11	日		11	水	
12	土		12	月		12	木	
13	日		13	火		13	金	
14	月		14	水		14	土	
15	火		15	木		15		200人の生徒といっしょに大橋西桟橋へ 松江を出発する。熊本へ
16	水		16	金				
17	木		17	土		16	月	八雲、熊本へ（1891/11/15）
18	金		18	日		17	火	
19	土		19	月		18	水	
20	日		20	火		19	木	熊本に到着
21	月		21	水		20	金	
22	火		22	木		21	土	
23	水		23	金		22	日	
24	木		24	土		23	月	
25	金		25	日		24	火	
26	土		26	月		25	水	
27	日		27	火		26	木	
28	月		28	水		27	金	
29	火		29	木	中学校講堂で全生徒による送別会。短刀が贈られる	28	土	
30	水		30	金		29	日	
			31	土		30	月	

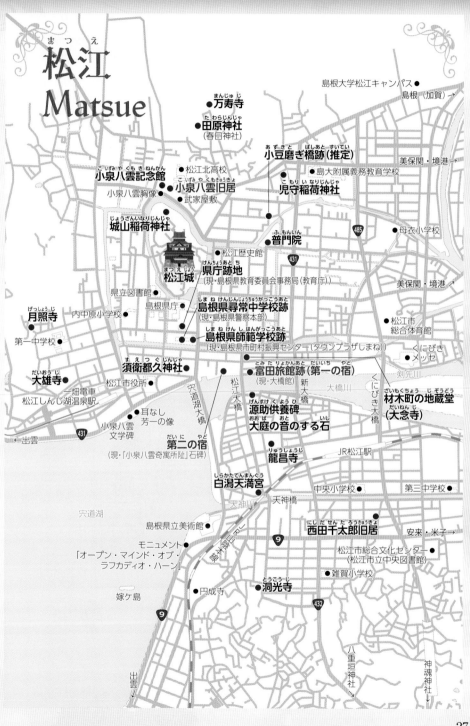

松江
まつえ
Matsue

島根大学松江キャンパス●
島根（加賀）→

●万寿寺
まんじゅじ

●田原神社
たわらじんじゃ
（春日神社）

小豆磨ぎ橋跡（推定）
あずきとぎばしあとすいてい

美保関・境港→

小泉八雲記念館
こいずみやくもきねんかん
●松江北高校

小泉八雲旧居
こいずみやくもきゅうきょ

児守稲荷神社
こもりいなりじんじゃ

島大附属義務教育学校

小泉八雲胸像●
●武家屋敷

城山稲荷神社
じょうざんいなりじんじゃ

普門院
ふもんいん

485

●母衣小学校
ほろ

●松江歴史館

県庁跡地
けんちょうあとち
（現・島根県教育委員会事務局（教育庁））

431

美保関・境港→

●県立図書館

島根県庁●

島根県尋常中学校跡
しまねけんじんじょうちゅうがっこうあと
（現・島根県警察本部）

●松江市
総合体育館

月照寺
げっしょうじ

●内中原小学校

くにびき
●メッセ

第一中学校

島根県師範学校跡
しまねけんしはんがっこうあと
（現・島根県市町村振興センター（タウンプラザしまね））

剣先川

須衛都久神社
すえつぐじんじゃ

富田旅館跡（第一の宿）
とみたりょかんあとだいいちやど
（現・大橋館）

材木町の地蔵堂
ざいもくちょうじぞうどう
（大念寺）
だいねんじ

大雄寺
だいおうじ

●松江市役所

新大橋

くにびき
大橋

大橋川

一畑電車
松江しんじ湖温泉駅

宍道湖大橋
しんじこおおはし

松江大橋
まつえおおはし

源助供養碑
げんすけくようひ

●耳なし
芳一の像

大庭の音のする石
おおばおとのするいし

小泉八雲
文学碑

JR松江駅

←出雲

431

龍昌寺
りゅうしょうじ

第二の宿
だいにやど
（現・『小泉八雲奇寓所址』石碑）

白潟天満宮
しらかたてんまんぐう

中央小学校●
●第三中学校

天神橋

宍道湖

天神川

●島根県立美術館

モニュメント●
「オープン・マインド・オブ・
ラフカディオ・ハーン」

9

西田千太郎旧居
にしだせんたろうきゅうきょ

安来・米子→

松江市総合文化センター
（松江市立中央図書館）

●雑賀小学校

●円成寺

洞光寺
とうこうじ

嫁ケ島

9

432

出雲↓

八重垣神社↓

神魂神社↓

27

3. 松江での生活が始まる

　お父さんは、ここでカバンの中から『西田千太郎日記』と『小泉八雲・松江』という２冊の本、そして『そのとき山陰は』という新聞記事のコピーを取り出して時々、この中の資料も見ながら話し出します。

　お父さん「39歳で（約３か月後の６月27日で40歳）松江の人となった八雲だったけど、早くも着いた日（８月30日）から３日後の９月２日には、もう動き出しているんだ。（９月から新学期）この日、西田千太郎が通訳の役割をして、まず殿町の島根県庁へ。場所は松江城三之丸ではなくて、今の島根県教育委員会事務局の建物がある所。籠手田知事と書記官にあいさつした。その次の日、３日には、島根県尋常中学校（12歳で入学、17歳５年生で卒業。５年間）と島根県尋常師範学校（17歳以上20歳以下の生徒が入学。４年生で卒業。４年間）へ初めて英語の先生として出校した。尋常中学校の場所は県庁の真向かい、今の島根県警察本部。師範学校は今の島根県市町村振興センター（タウンプラザしまね）の所になるね。」

　マアちゃん「へえー、当時は今とずいぶん建っている建物がちがっていたんだねえ。」

　お父さん「この日から八雲の英語の授業が始まったわけだ。」

　マアちゃん「八雲は日本語がう

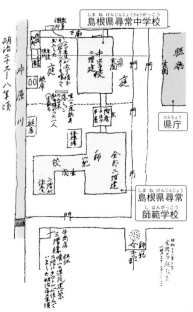

『島根県尋常中学校々舎』
明治20年代の校舎配置図（高橋節雄氏による）
1975（昭和50）年　社団法人島根県建築士会発行

まく話せないし、生徒は逆にうまく英語が話せないし、最初はおたがいにこまっただろうねえ。」

お父さん「ところが八雲は黒板にチョークで絵を描くのが得意だった。八雲の絵を使った『絵文字』が、生徒にとってわかりやすかったそうだよ。」

マアちゃん「なるほどねえ。『絵文字』ならぼくたち子どもにもわかりやすいよ。八雲はうまい方法を考えついたねえ。」

お父さん「八雲は『書取』『読方』『作文』の３教科を受けもって、尋常中学校では週20時間、隣の師範学校では４時間の授業をしたんだ。」

4. さっそく出雲大社へ

お父さん「八雲はじっとしていない行動力のある人だよ。松江に来てから２週目には、出かけているんだ。日本のこと、島根のことをどんどん知りたいという強い意欲（やる気）があるんだねえ。９月13日㈯の午後１時、通訳の真鍋晃といっしょに宍道湖を蒸汽船に乗って杵築（出雲市大社町）へ向かった。この頃は道路が発達していないから、便利なのは船による水上交通だよ。」

マアちゃん「どうして、まっさきに大社へ？」

お父さん「『神様の国出雲』のシンボルは何と言っても、出雲大社。八雲は松江へ来ることが決まった７月19日からのち、この出雲大社へお参り（参拝）することが一番大きな願いだったんだよ。」

マアちゃん「二人がいきなり行っても、だいじょうぶ？」

お父さん「幸いなことに、尋常中学校教頭の西田千太郎が出雲大社の千家宮司さんと親しい関係でね。その紹介でトントン拍子に話が決まったらしいね。それも、すごいことになった。翌日９

拝殿（はいでん）の後（うし）ろに
あるのが本殿（ほんでん）だよ

月14日㈰、八雲は第81代国造千家尊紀宮司（やくもだいだいこくそうせんげたかのりぐうじ）と面会（めんかい）したら、外国人（がいこくじん）として初（はじ）めて出雲大社（いずもたいしゃ）の昇殿（しょうでん）（本殿（ほんでん）の中（なか）まで入（はい）ること）を許可（きょか）（ゆるしてもらう）されたんだよ。そして、火鑽（ひきり）（火をおこす道具（どうぐ））など、ふだん見（み）ることのできない宝物（ほうもつ）（たからもの）も見せていただいた。」

マアちゃん「すごーい。ふつうぼくたちは本殿（ほんでん）の前（まえ）の拝殿（はいでん）までなのに‼特別（とくべつ）あつかいを受（う）けたんだねえ。」

お父さん「そして、さらに千家宮司（せんげぐうじ）のお宅（たく）も訪問（ほうもん）したんだ。この日（ひ）、八雲（やくも）は出雲大社（いずもたいしゃ）のお守札一切（まもりふだいっさい）と神官装束（しんかんしょうぞく）の生地（きじ）（出雲大社（いずもたいしゃ）の神官（しんかん）さんの着物（きもの）に仕立（した）てるための布（ぬの））をプレゼントされて、大感激（だいかんげき）だったらしいね。」

マアちゃん「よかったねえ。これでますます日本（にほん）が、島根（しまね）・出雲（いずも）が気（き）に入（い）るはずみがついたねえ。」

お父さん「それだけではないよ。千家宮司（せんげぐうじ）さんについて、『古代（こだい）エジプトかギリシャの司祭（しさい）（神父（しんぷ））のようで、昔（むかし）の日本（にほん）の王様（おうさま）か英雄（えいゆう）だ。尊敬（そんけい）すべき人（ひと）で、私（わたし）のその尊敬（そんけい）の気持（きも）ちはおそれに近（ちか）い』というほどの強（つよ）い印象（いんしょう）を持（も）ったようだね。」

| マアちゃん |「八雲はすごい観察力そして、感じる心を持っているんだねえ。」

| お父さん |「９月17日の新聞には、宝物殿や稲佐の浜にも案内され、伊勢神宮と杵築大社（当時の出雲大社の言い方）とどちらが古いかとか、柏手（神様の前で打つ手）の打ち方の起こりなど次々質問したり、昔から伝わる雅楽（宮廷の音楽）や巫舞（神に奉仕する女性の踊り、女性の神職の踊り）など、興味深げに見学した、と書いてあるそうだ。」

5. ヘルン先生と呼ばれた

| マアちゃん |「小泉八雲はパトリック・ラフカディオ・ハーンなのに、ぼくは町の中で『ヘルン』と書いた看板やチラシを目にすることがあるけど、どうして『ハーン』でなくて『ヘルン』なの？」

| お父さん |「それは松江へ来ることが決まり、島根県知事と契約をかわした時、『ヘルン』と書いてしまったことがもとなんだよ。八雲はそのことを気にしなかった。大らかな性格だね。それを直すように言わなかった。だから、そのままヘルンと呼ぶ人もけっこう多かったようだね。鷺の紋（鷺の形をマークにした）を羽織（着物の一種）につけた

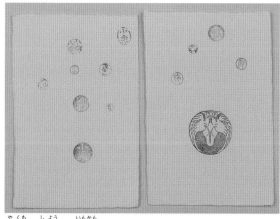

八雲が使用した印鑑
（家紋、小泉、小泉八雲、へるん、遍留ん、節などがある）
小泉八雲記念館提供

31

り、『遍留ん』という印カンまで作って、本人も気に入っていたそうだよ。」

マアちゃん「へえー、八雲の大の日本好きで、しかもユーモアな人柄がわかるねえ。」

6. 通訳なしで生活ができた

お父さん「ところでマアちゃん。東京から同行した真鍋さんには、賃金を払って通訳の仕事をしてもらっていたんだよ。どうしてもその経費がかさむから、松江に来て1か月後、9月終わりには、やめて東京に帰ってもらったんだ。」

マアちゃん「費用がかさむといえば…。」

お父さん「実は八雲は松江へ赴任する時、1か月分の給料100円を前もって借りていたんだ。」

マアちゃん「たった100円?」

お父さん「マアちゃん、今の100円とは全然値打ちがちがうよ。当時、尋常中学校の校長先生の月給が90円。ふつうの先生が40円位だったよ。」

マアちゃん「校長先生よりも高くて、ふつうの先生より2倍以上だね。島根県知事は八雲をそれほど高い給料で厚くもてなしたんだね。」

お父さん「当時の100円は今のお金にしたらおそらく約100万円以上の値打ちはあっただろうねえ。(約15年前の明治8年頃、米の値段に換算すると、1円は約1万円)」

マアちゃん「それにしても、通訳なしの生活じゃあ、八雲はいろいろと困っただろうねえ。学校の中や外出する時は、西田千太郎教頭先生が通訳されたとしても…。」

お父さん「八雲は生徒にとってとても好感のもてる先生だったようだ。生徒には"sir"（尊敬の意味をもつ言い方）ではなく、"teacher"と親しみをもった呼び方をさせた。上から目線でなく、生徒目線でていねいな授業をしたんだ。だから先生と生徒の信頼関係ができて、放課後は生徒といっしょに、松江市内の神社やお寺を巡って楽しんだそうだ。」

マアちゃん「西田千太郎や生徒の通訳が入らない旅館ではどうした の？特に食べ物をリクエストする時、困ったでしょう。」

お父さん「八雲は、ひととおり 日本料理を食べることはできたけ ど、やはり時には西洋料理が食べ たいよねえ。ふだん旅館の女将 （奥さん）や女中（女性の従業員） とは、日本語でも英語でもない妙 な言葉でやりとりしていたそう

エッギス・フーフー
どうぞ!!

だ。和英辞典と英和辞典は持っていたけど、女将たちは"出雲弁"。 だから例えば、朝食は牛乳と『エッギス・フーフー』。『エッギ ス・フーフー』とは『目玉焼き』のこと。熱いのをフーフー、息 を吹きかけて食べる卵の意味。八雲と女将たちの間で新しくでき た『造語』だね。『造語』といえば"ジゴク"というのも。これ は"地獄"から転じて"熱すぎる風呂"とか"嫌いな物や人"の 意味にも使われたそうだ。」

マアちゃん「おもしろいお話だね。」

お父さん「八雲は牛乳、卵、ビールそしてステーキなど喜んだ けど、サシミ、のり巻も好物だった。骨の多い魚は苦手で、旅館 では毛抜きで取って食べていた。ステーキは城山にあった、市内

ただ１つの洋食屋から取り寄せた。」

7. 八雲にとって親切な、よい知事、籠手田安定

お父さん「通訳の真鍋晃が八雲のもとを去ってから、公私共に英語の通訳ができる西田千太郎が、八雲に寄りそう形になったんだ。９月27日(土)には、西田をつれて籠手田県知事のお宅を訪問している。西田千太郎の日記にはこう書いてあるよ。」

　お父さんは、その日記ページを開いて、次のようにかいつまんで話してくれました。

お父さん「知事のお嬢さんが３月の節句の時、病気だったので、ひな祭りをやめて、今頃になって“虫干し”（湿気でひな人形がいたまないように、空気にふれさせてかわかす）を兼ねて、飾りつけてあったんだ。もちろん八雲にとっては、初めて見る、日本の昔ながらの赤いもうせんを敷いた、みごとなヒナ段だっただろうね。そして、大切にされてきた昔の絵や食器も目にし、その上で、『茶ノ湯』（抹茶）でおもてなしを受けた。お嬢さんは八雲のために琴の演奏もされた。」

マアちゃん「うわー、どれもこれも、八雲にとっては初めての、めずらしいことばかりだっただろうねえ。カルチャーショック、だね。」

お父さん「そのとおり、『ヘルン氏のためには、非常に珍しく、大いに喜べり』と西田の日記にも書いてあるよ。ところで、マアちゃん、松江に八雲を英語教師として招いたことも、この籠手田知事の功績（てがら）だけど、その後も、この人は、ずっと八雲に対してあたたかく接しているんだよ。八雲が風邪で学校を休んだりすると、お嬢さんに見舞いに行かせるなどして、家族ぐるみ

で、見守ったんだ。その時、三女の淑子さんが見舞いにウグイスを入れて持って行ったという『鳥かご』が、ほら展示室のそこに展示してあるよ。」

籠手田知事の三女淑子さんからもらった鳥かご
小泉八雲記念館提供

マアちゃん 「あっ、本当だー。これかー。」

お父さん 「八雲は親身になってくれる籠手田知事を慕っていたようで『親切なよい知事』と文章にも書いている。」

8. 彫刻家荒川亀斎との交流

お父さん 「八雲は積極的に日本の、松江の伝統文化・芸術に接近していくんだよ。勤め始めた9月の終わり、28日には、寺町の龍昌寺本堂の前に置かれた荒川亀斎（重之輔）作の石地蔵に目をうばわれた。みごとなノミ（石を彫る道具）の使い方に思わず息をのんだ。」

マアちゃん 「すごいなあ。ぼくは、石のお地蔵さんを見てもそんなふうに感動しないのに。八雲は、外国人なのに、ふつうの日本人以上に魅力を感じるんだねえ。わかるんだねえ。」

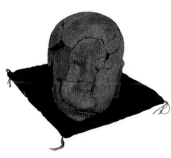

お父さん 「さっそく、八雲は西田千太郎を伴って、わざわざ10月2日、荒川亀斎の工場を見学に行っているよ。並べられているいろいろな作品に感心した。この日が八雲と亀

龍昌寺にあった荒川亀斎作の石地蔵
小泉八雲記念館提供

斎の初の出会い。八雲は亀斎の職人気質（性質）にほれこんで、その後たびたび、いっしょに酒を飲みながら、愉快に美術の話に花を咲かせたそうだ。この八雲との付き合いによって、やがて亀斎は1893（明治26）年のアメリカ・シカゴでの世界大博覧会に、『稲田姫像』を制作して出品した。するとみごと、それが優秀賞に選ばれた。実はこの出雲神話に登場する稲田姫（スサノオノミコトがヤマタノオロチから守った女性で、スサノオの妻になる）を題材（テーマ）に選んだのは、なんと八雲だったらしい。」

マアちゃん「へえー、すごい!! 八雲が!!」

お父さん「八雲との交際によって生まれた優秀賞作品で、しかもアメリカから帰った後、出雲大社の『社宝』（神社の宝）にもなったんだ。明治時代の島根を代表する彫刻家の第一人者荒川亀斎に八雲は大きな影響を与えたんだよ。」

マアちゃん「フーン。おどろいた。よっぽど八雲は日本の芸術を見る眼があったんだねえ。」

9. 教え子大谷正信と横木富三郎

お父さん「島根県尋常中学校に優秀な生徒がたくさん通っていた。その中で、松江時代の八雲の行動歴（日々どういうこと、どんなことをしていたかあったかが、わかる資料）に登場する二人を紹介しておこうかな。まず一人目は、大谷正信。学校に勤め始めた９月末、八雲は生徒大谷正信に招かれ、寺町のあるお寺で、大谷の演奏する「唐楽」（雅楽の一種）に聞き入った。あくる年２月１日には、八雲は病気で休んでいる西田千太郎を見舞った後、大谷正信を訪ね、いっしょに市内の神社に人形をもとめて、めぐり歩いている。」

マアちゃん 「二人は特に気が合ったのかなあ。」

お父さん 「『英語教師の日記から』（『知られぬ日本の面影』）の中で、『わたしの好きな生徒』の一人として書かれている。大谷は後に英文学者、俳人（俳句を作る人）となったけど、八雲は彼に日本研究の助手を頼み、学資援助（学校にかかる費用を手助け）をした。」

マアちゃん 「八雲の助手をした教え子だったんだねえ。」

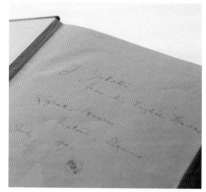

お父さん 「もう一人、紹介しておこう。横木富三郎。残念ながら17歳で亡くなった。第4学年に進級する時に首席（成績トップ）となった横木に、八雲は自分が敬愛する（尊敬して愛する）アンデルセンの本に『英語教師、ラフカディオ・ハーンより』とサインして贈っている。」

横木富三郎にハーンがサインをして贈ったアンデルセンの本

小泉八雲記念館提供

マアちゃん 「八雲先生からプレゼントをいただくくらい、りっぱな生徒だったけど、早く亡くなられて惜しかったね。」

10. 西田千太郎が八雲の研究心を見ぬく

お父さん 「八雲が松江で生活を始めてから、常に（いつも）通訳の役目をしながら、いっしょに行動していた西田千太郎だったね。付き合い始めて、40日後の10

月９日、いっしょに、西茶町の須衛都久神社と天神町の白潟天満宮を参拝した。この時、八雲は神社でいろいろな種類の玩具（おもちゃ）を買い、守札（お守り札）をいただいた。その様子を見ていた西田はこの日の日記に『思うに、ヘルン氏は日本玩具のことについて一著（一冊の本）をつくろうと計画し、また、守札を集めて『神道』（古くからある日本の宗教の１つ）のことについて研究中である。』と書いているんだ。」

西田千太郎
小泉八雲記念館提供

マアちゃん「西田は、もうちゃんと、八雲がこれから日本で研究しようとしていることをこの日、見ぬいたんだねえ。」

お父さん「二人は教頭・通訳と招かれた英語教師の間柄だったけど、お互いの立場を尊重し（大事にし）、お互いに尊敬し合い、しかも気持ちが通じ合い、とてもすばらしいコンビネーションになったんだ。八雲の宿で飲食したり、逆に西田の家（今の新雑賀町）に立ち寄って酒食（お酒と食事）したり、八雲が松江にいる間の約１年３か月間ずっと、よい関係がつづくんだよ。」

マアちゃん「まるで二人は親友同士だね。」

お父さん「ただ、あとでもくわしく話すけど、西田は病気がちなんだ。重い肺結核なんだ。10月26日㊐のこと。この日、西田はとつぜん３回も血を吐いた。注射をして何とか、島根県教育会の会場での八雲の『想像力の価値』という題の長い講演の通訳をなんとかがんばってやり終えたよ。」

マアちゃん「八雲にとってとても頼りになる西田教頭先生だからね。日本語に訳してもらわないとみんなわからないもんね。」

お父さん「八雲はその時もだけど、その後も西田が休んだその

つど西田の家へお見舞いに行っているよ。」

11. 最初の引越し ～京店(末次本町)へ～

お父さん「この年10月下旬から11月中旬の頃、八雲はおよそ3か月いた富田旅館から引越しするんだよ。」

マアちゃん「へえーどこへ？」

お父さん「第2番目の宿となった

末次本町の『小泉八雲寄寓所阯』
と刻まれた石碑

大橋北詰西側の末次本町。借家になっていてね、ここに移ったんだ。」

　お父さんは地図と写真をカバンから取り出して示します。

お父さん「今、その建物はないけど、その場所には、『小泉八雲寄寓所(仮住まい)阯』と刻まれたこの石碑があるよ。」

マアちゃん「へえー、ぼくは見たことがないよ。」

お父さん「赤レンガの塀に囲まれた個人住宅の入口に、ひっそりとした感じで建っているから、わかりにくいよ。そのそばは京店の駐車場になっているから、人目につきにくい場所だね。」

マアちゃん「お父さん、近いうち確かめに行ってみようよ。」

お父さん「八雲はこれからここに約7か月住んでいたんだ。」

12. 最初の年11月から12月の八雲の行動 ～積極的に出かける～

お父さん「八雲は11月に入っても、仕事のかたわら、どんどん

39

出雲地方に出かけて行くよ。富田旅館の女将と眼の病気のお信という女中をつれて、今の出雲市小境町の一畑薬師に参拝している。一畑薬師は今でもそうだけど"目のお薬師さん"と言われているくらい、眼の病気が治るように全国から、お祈りに来る人が多いんだよ。八雲は10円という大金を寄進して回復をいのったようだ。」

マアちゃん「きっと八雲はお信さんをさそったんだよ。自分も片方の眼で不自由しているからね。やさしい人だね。八雲は。」

お父さん「12月2日㈫から松江市鹿島町の佐太神社の神在祭が始まった。その日の午後2時間目の授業がなかったので、西田千太郎といっしょに参詣に出かけている。西田の日記によれば、人車（人力車）で浜佐陀（松江市浜佐田町の宍道湖とつながる佐陀川河口付近の船着場）まで行き、そこから、小舟を雇って（お金を出して）佐陀川を北に行き、午後4時前に、神社前に到着。参拝してから、境内で『龍蛇』を見学。この日夜になって松江に帰り、八雲の京店の宿で酒や食事でもてなされた。」

マアちゃん「きっと西田の案内のおかげで、たっぷりと神在祭のふんい気を初めて体験できて、満足したんだよ。うれしかったんだね。」

お父さん「それから、西田の日記では、さっき話した『遍留ん』を彫り込んだ印鑑は、12月4日㈭に西田がつきそって印刷屋で作っているね。」

マアちゃん「学校以外でも、いつも西田千太郎がいっしょだね。ずいぶん頼りがいがあったんだね。」

お父さん「ところが、西田の日記によれば、八雲は12月17日から病気で勤めを休んでいる西田をほとんど毎日のように（18日、19日、21日、22日、23日、28日、29日、30日）年末までずっと、見舞いに訪れているんだ。」

マアちゃん「それほど八雲は西田の体のことを心配したんだね。とても親しい親友のようだね。」

13. 冬の寒さにまいってしまう
～寒波がやってきて、八雲は風邪をひいて寝込む～

お父さん「さあ、年が明けて、1891（明治24）年の正月。八雲は日本の着物（和服）姿で、正月をむかえたんだよ。紋付、羽織、袴姿で年始回りをして、まわりの人々をおどろかせたそうだ。」

マアちゃん「よく似合っているねえ。」

お父さん「ところが、この１月、八雲が病気になってしまったよ。１月中旬から出雲地方に寒波到来。西田の日記では９日から『寒風飛雪』とか『風雪』という天気が20日までつづいている。山陰地方の寒さに不慣れな、寒さに弱い八雲はカゼをひいて、１月24日頃まで寝床について、学校を休んだんだよ。」

和服姿の小泉八雲
小泉八雲記念館提供

マアちゃん「うわー、八雲まで。かわいそうに。」

お父さん「西田は自分のかかりつけのお医者、田野医院の先生をたのんで、八雲宅に往診してもらった。気管支に炎症ができていたようだね。」

マアちゃん「慣れない外国の松江で病気になって、八雲は不安だったろうねえ。」

お父さん「さっき話したように、籠手田知事のお嬢さんが、お見舞いに『鶯』の鳥カゴを持って訪れたのは、この時、1月18日(日)のことだったんだよ。」

マアちゃん「ああ、そうだったんだね。その時だったんだね。」

お父さん「松江のこの時の寒さが、八雲には相当こたえたようだね。こののち、気候がよい、もっと暖かい九州・熊本へ移ろうという気持ちになった原因の一つは、この松江の寒さだったらしいよ。」

14. この頃からセツ夫人が八雲のお世話を始める

お父さん「1891（明治24）年1月下旬から2月上旬、この頃から、のちに八雲と結婚して妻になる、セツ夫人が住み込みのお手伝いさんとして、京店の宿で、八雲の身の回りのお世話をすることになるよ。」

マアちゃん「そうか、ちょうど八雲が風邪をひいて、長い間寝こんでいる時とタイミングが合うね。体の調子がよくなかった八雲にとって、大助かりだったね。これで元気になるね。」

お父さん「八雲はセツといっしょに生活するようになって、身も心も充実した日々を送るようになるんだよ。」

マアちゃん「よかったねえ。」

お父さん「小泉セツは1868（明治元）年2月4日、松江市殿町の士族、小泉湊とチエの二女として生まれた。小泉家は、もと松江藩の藩士つまりお殿様に仕えるおさむらいで、身分は御番頭というラン

小泉セツ
小泉八雲記念館提供

42

クで500石。家老よりは下だけど、けっこう高い身分だったね。」

マアちゃん「お母さんのチエの写真も展示室にあるね。」

お父さん「セツはとてもりっぱな方で、やさしく親切に、生活の手助けをした。そして八雲のよき理解者となっていった。」

マアちゃん「いきなり外国人のお世話をする仕事をすることになったわけだけど、すんなりとできたんだね。外国人を何とも思わなかったの？」

お父さん「セツは子どものころ、松江藩の軍事教練（軍隊の練習）を見物に行った時、教えていた外国人の先生（フランス人の松江藩砲術指南ワレットらしい人？）から頭をなでられ、虫メガネをもらったことがあったそうだ。その虫メガネが、ほらあそこに陳列してあるよ。」

　お父さんの指さした方向に、ちゃんとありました。

お父さん「こうして二人はすぐに心を通い合わせ、仲のよい夫婦となっていくんだ。ただし、正式の結婚は、その後、1896（明治29）年神戸時代になってから、あとでまたそのお話はするからね。」

マアちゃん「セツは英語で八雲と話ができたの？」

お父さん「八雲とは『ヘルン言葉』と呼ばれる独特の日本語を使ったらしい。複雑な言葉の本当の意味まで、おたがいにわかり合ったようだよ。セツは日本の昔話や怪談を八雲に語って聞かせ、八雲の文学の仕事を大きく手助けしたんだ。セツは八雲との思い出を語った『思い出の記』をのちに出版しているよ。」

マアちゃん「つまり、セツあってこその八雲だね。セツとの出会いがなかったら、あんなにすばらしい八雲の作品は生まれなかったかもしれないねえ。八雲を支えたセツの偉大な力に感謝しなければ…。」

大いに納得顔になったマアちゃんでした。

15. 松江市内各地を次から次へと訪れる 〜2月中旬から3月〜

お父さん 「2月18日(水)には再び知事宅へおじゃまして古画（昔の絵）を見ているよ。」

マアちゃん 「籠手田知事とますます親しくなったね。」

お父さん 「3月19日(木)、晴天の日、松江市栄町の圓成寺へ西田千太郎といっしょに出かけている。八雲はこんなふうにどんどん市内の神社やお寺に足を運んでいるよ。特に、城山稲荷神社や外中原町の月照寺には、たびたび訪れている。城山稲荷神社は、この年6月、再び引越した北堀の宿からは、通勤途中なので、よく立ち寄ったそうだ。境内にある大きな対のキツネが一番のお気に入りだったようだね。」

松江市栄町の圓成寺

マアちゃん 「あー、ぼくもあのキツネを知っているよ。」

お父さん 「松江藩主松平家墓所の月照寺では特に緑の木々に囲まれた静かなふんい気の境内を好んだ。八雲は作品の中で、6代藩主宗衍公の墓前にある大きな石造りの亀が真夜中にのそりのそりと這い出すという伝説を紹介しているね。」

マアちゃん 「このお話は有名だよ。ぼくも知っているよ。」

お父さん「八雲が、自分が死んだらこの寺（月照寺）に葬ってほしい、と言ったところ、『あなたはお殿様ではないから、ダメです。』とセツ夫人にたしなめられたそうだ。」

マアちゃん「松江城は気に入ったの？」

お父さん「八雲はたびたび城山に足を運んでいたんだ。『神々の国の首都』（『知られぬ日本の面影』）の中で、天守について『大きな怪物を寄せ集めてつ

月照寺の大亀

くった龍のようだ』とたとえているんだね。あまりお気に召さなかったようだね。」

マアちゃん「へえー、これは意外だったなあ。」

お父さん「また、お天気がよい時は円成寺の下にあった栗原そば屋へ行って、宍道湖の夕日をあきもせずながめていたそうだよ。」

マアちゃん「宍道湖の夕方の景色、あの赤い夕日が気に入ったんだね。きっと。」

お父さん「夕日だけじゃないよ。八雲は春、夏、秋、冬の四季それぞれに変化を見せる宍道湖の自然や朝夕の姿に、すっかりとりこになったんだね。」

お父さん「そして３月31日㈫には、とてもうれしいことがあった。イギリスのオックスフォードのピットリヴァーズ博物館へ寄贈するために、出雲大社千家宮司さんに依頼（おね

宍道湖の夕景

がい）していた火鑽臼と火鑽杵（大昔の発火器。木のまさつで火を起こす）が届いた。よっぽどうれしかったのか、学校から帰宅後、新雑賀町の西田教頭宅で楽しく酒を飲み食事をしているよ。」

マアちゃん「『西田千太郎日記』に書いてあるんだね。」

お父さん「また４月から後の島根県尋常中学校・師範学校との再契約ができたんだ。」

マアちゃん「あっ、そうか、最初に結んだ契約は３月までだったからね。よかったあ。」

16. どんどん郊外へも出かけて行く ～４月から５月～

お父さん「４月３日は松江大橋の開通式。今の大橋の先々代（前の前）だね。西田といっしょに八雲宅の２階からながめている。」

マアちゃん「すぐ近くだから、よく見えたでしょう。」

松江大橋
小泉八雲記念館提供

お父さん「これが、その完成した大橋の写真だよ。」

マアちゃん「あれっ、今の大橋とはぜんぜんちがうね。」

お父さん「鉄骨トラストのついたモダンなものだったが、松江の風情（景色やふんい気）に合わないと評判は悪かったそうだ。」

マアちゃん「たしかに、そうだね。」

お父さん「八雲は橋を行き交う人々の様子や橋をかける時にまつわる『うわさ』や伝説など（たとえば人柱伝説）『神々の国の首都』（『知られぬ日本の面影』）の中で紹介しているよ。ただし、八雲の作品に出る松江大橋は、この時、下流につけられていた仮橋らしいね。」

マアちゃん「あっそうだったの!!」

お父さん「次に、『西田千太郎日記』によれば4月5日(日)の休日は、西田と朝8時半発車。人力車だね。松江市南

武内神社

郊の神社巡り。まず竹矢の武内神社から。出雲郷川（意宇川）に沿って、大草の六所神社、そして山代の真名井神社へおまいりして、大庭の団原で昼食休けい。蕎麦を食べた。午後は大庭の

真名井神社

神魂神社で神官から周辺の旧蹟（遺跡）についてお話をうかがったが、おしいことに雨が降ってきたため、それぞれを見学することができなかった。神魂神社は、出雲国造家とゆかりが深い神社で、本の中で『神代の時代から保存されてきた珍しいものがある』と言っているよ。」

神魂神社
出典：島根県ホームページ

マアちゃん「それは何だったろうかなあ。（国造の代が替わる時の儀式で使う道具？）」

お父さん「次にそこから八重垣神社へ向かった。この神社は縁結びの神を

八重垣神社

47

まつる神社で、境内の奥には紙の上に硬貨をのせて、良縁を占う『鏡の池』がある。樹木に魂が宿るという信仰に興味があった八雲は、縁結びの神が宿る『連理の玉椿』や森の中の霊木霊樹についても本の中で書いているんだ。」

八重垣神社「鏡の池」
（はやく沈むと結婚もはやい）

マアちゃん「友だちのおねえさんが『鏡の池』で紙の上に100円玉をのせたら、あっというまにしずんだよ。そうしたら大よろこびしてたなあ。」

お父さん「そして矢野原（今の松江南高校の近く）の峠を越えて帰った。」

マアちゃん「雨の中、すごくもりだくさんの見学だったね。神社や神道や信仰について勉強しようという八雲のやる気がわかるよ。」

お父さん「おまけに、途中で人力車がひっくりかえって、ちょっとこわれたけど、さいわい、ケガはまったくなかったそうだ。」

八雲が出かけた松江市とその周辺

加賀の潜戸

日御碕神社

稲佐浜

出雲大社

佐太神社

松江城

宍道湖

中海

八重垣神社

武内神社

神魂神社

真名井神社

六所神社

雲樹寺

清水寺

八雲はいろんなところに出かけているね

マアちゃん 「よかったね。ケガがなくて。」

マアちゃん 「八雲と西田千太郎はいっしょに食事をすることが多いようだね。」

お父さん 「おたがいの家へ招いたり、招かれたり、そしてお酒も飲みながらね。西田の日記を見ると、相当回数が多いね。」

マアちゃん 「それほど二人は親しいわけだ。」

お父さん 「4月29日(水)には、西田と八雲宅でいっしょに夕食をとってから、天神町の天神座で興行中の『さいさい節』という芸能？を見に行っている。八雲は、日本の民俗・芸能に関心が高く、研究心が強いんだ。」

マアちゃん 「そして、いつも西田がいっしょについてサポートしているね。」

お父さん 「次の30日(木)は、八雲が西田宅へやってきて、二人は人力車で浜乃木の善光寺を訪れている。帰りは円成寺近くの蕎麦店栗原屋に立ち寄っているね。」

マアちゃん 「八雲がたびたび行った蕎麦屋だね。」

お父さん 「 5 月10日(日)の休日には西田千太郎と安来市の清水寺と雲樹寺に参拝しているよ。安来までは汽船。そこから人力車で11時半に清水寺到着。雲樹寺に立ち寄って、人力車で松江に帰ったのは夜10時半。」

雲樹寺　出典：島根県ホームページ

マアちゃん 「うわー、大変だったね。夜おそくまで。」

清水寺　出典：島根県ホームページ

お父さん「５月26日㈫、松江城の鬼門（北東）の方角に位置するお寺、普門院の伊藤叡俊住職を八雲の自宅に招いた。普門院近くにある『小豆磨ぎ橋』にまつわる橋姫の怪談を聞いた。これを『知られぬ日本の面影』に再話して、載せている。」

普門院近くにある小豆磨ぎ橋跡（推定）

マアちゃん「ぼくたちは、このお話を紙芝居にしたんだ。」

17. 北堀町（ヘルン旧居）に転居する

お父さん「1891（明治24）年６月22日㈪、八雲とセツは、今の塩見縄手の『ヘルン旧居』に移ったよ。（江戸時代後期の300石程度の武家屋敷。家主は根岸干夫氏だったけど、空いていた。）八雲はこの建物が武家屋敷で、全体のたたずまいとふんい気が気に入ったようだ。熊本へ転任する11月15日まで約５か月だったけど、この借家でセツと生活をするようになり、心身ともに充実した日々を送った。」

マアちゃん「旧居はこの記念館のとなりだね。あとで見学するのが楽しみだけ

小泉八雲旧居

ど、八雲にとってどんなところがよかったのかなあ。」

お父さん「武家屋敷ならではの『枯山水』（水を使わないで、砂、石、樹木などで海や山、川を表現した日本庭園）と庭園の借景（遠くの森や山などの景色を庭園の一部のように見えるようにした）を毎日観察しながら、日本人の自然への感謝や、おそれを忘れずに、自然の美しさを大切にする心にひかれていったんだ。」

マアちゃん「ますます日本びいきになったね。」

お父さん「家では常に和服を着て煙管でタバコを楽しんだ。」

マアちゃん「あっ、そこに「長煙管」として並べてあるね。」

八雲愛用の長煙管
小泉八雲記念館提供

お父さん「八雲は旧居と後ろの森、竹やぶ、その森にすむ鳥の鳴き声、虫までも愛し、著書『日本の庭にて』の中で、40ページにわたってくわしく描いている。この文章の中で『私はこのすまいをあまりに好きになり過ぎた』ともいっている。」

マアちゃん「そこまで八雲は、この旧居が気に入ったんだねえ。」

18．フローレンツ博士が来松 ～7月に長期間滞在～

お父さん「7月8日㈬のこと、東京帝国大学文科大学講師のドイツ人カール・フローレンツ博士が八雲を訪ねて松江に来られた。

51

この日の夜から八雲宅に泊まられ、しばらく滞在されたんだ。」

マアちゃん「八雲の家に初めて泊まるお客さんだね。しかも、けっこう長い期間だから、セツ夫人も大変だね。」

お父さん「16日(木)には、八雲は西田千太郎も同行して、フローレンツと松江城天守に登って、市内めぐりをした後、この日はフローレンツと玉造温泉に泊まった。24日(金)の夜、八雲宅へ杵築（大社）からフローレンツといっしょに帰り、松崎水亭でもてなしている。翌25日(土)の午後5時、フローレンツは米子へ向けて出発した。」

マアちゃん「八雲にとっては大切なお客さんだっただろうけど、20日間以上もお付き合いし、案内やもてなしでつかれただろうねえ。」

19. 15日間の杵築（大社）旅行
～7月26日から8月10日まで～

お父さん「なんと八雲は前日までの長期間のフローレンツ博士の接待でつかれただろうに、次の日7月26日(日)からは西田千太郎と杵築（大社）への旅行に出かけたんだ。この日、西田の日記は『ヘルン氏と同行（いっしょに行く）漫遊（いろいろな所を遊びまわる旅行）の途に就き先づ杵築に向ふ(う)。』という文で始まっているよ。」

マアちゃん「おもしろそうな二人旅だね。」

お父さん「松江大橋発第1発（朝最初に出発）の平田行きの汽船に乗る予定が、八雲の準備ができてなく、第2発の庄原（出雲市斐川町荘原）行きの船にも乗りおくれ、仕方なく陸路、山陰道を西に向かって人力車で行くことにしたんだ。」

マアちゃん「最初からつまずいたね。」

お父さん「ところが、昨夜、天神祭（松江市天神町白潟天満宮の祭）があったため、適当な車夫（人力車をひっぱる人）を手に入れるのに苦労した。やっと宍道（松江市宍道町宍道）の

旅館「養神館」
海水浴を楽しんだヘルンはここに宿泊した
出典：『写真は語る大社の百年』大社町教育委員会発行

内田屋で昼食。午後2時にそこを出発し、4時間後の6時、杵築海水浴場（出雲大社から西へ約1kmの稲佐浜）の『養神館』に着いて、宿泊。二人はこの旅館をベースキャンプにして、周辺各地へ出かけた。」

マアちゃん「稲佐浜って、ぼくは知ってるよ。出雲大社へ全国の神様が来られる時、おむかえする所。神在（有）月の10月ごろ、テレビによく出るよ。」

お父さん「よく知ってたね。マアちゃん。それで1日おいて28日(火)には、その出雲大社へお参りに。千家宮司はお留守だったのか、日記には『名刺を残して帰る。千家氏に楽山焼（松江市西川津の有名な焼物）の徳利（お酒を入れる）および盃を贈る。』と。」

マアちゃん「八雲は高価なおみやげをプレゼントしたんだね。」

お父さん「この日、セツ夫人も稲佐浜の旅館へ来られ、合流。（いっしょになる）」

マアちゃん「よかったね。」

お父さん「次の日、29日(水)八雲と西田は、また出雲大社に昇殿。つまり本殿の中まで。つい先ごろ、フローレンツ博士をおつれしているから、八雲はこれで3度目になるかねえ。二人はさらに千家宮司宅にご招待。古書画類（古い書と絵）を観賞したり、

ひじょうにていねいなおもてなしを受け、夜半（夜12時）を過ぎて旅館に帰った。『ヘルン氏大酔。』と書いてある。」

マアちゃん「お酒で大へんよっぱらったということだね。それほど千家宮司宅でのおもてなしで気分がよかったんだね。」

お父さん「あくる日30日㈭に、二人は、千家宮司宅へ昨日のお礼のあいさつに行っているよ。そして8月4日㈫には千家宮司の招待で天神祭に参詣（お参り）して、『豊年おどり』を見学している。」

マアちゃん「八雲がまた興味をもって見ただろうねえ。」

お父さん「8月7日㈮には、セツもいっしょに3人で日御碕へ。手漕ぎ舟（ろでこぐ小舟）に乗り、大社湾を日本海岸に沿って。舟からの景色がよかったと、西田の日記に書いてあるよ。」

マアちゃん「セツ夫人もいっしょの舟旅でよかったね。」

お父さん「どうやら日御碕神社小野宮司家とセツの小泉家は親せきだったようだ。この日の旅はセツが大いに関係しているね。宮司宅で昼食のおもてなし。日御碕神社の上ノ宮（スサノオノミコトをまつった）と下ノ宮（アマテラスオオミカミをまつった）を参拝。」

マアちゃん「きっと、宮司さんが3人をご案内されただろうね。」

お父さん「8月9日㈰には大社神宮の佐佐鶴城氏を招いて昼食。八雲はこの人に、神道や古実（古代（大昔）の法令（きまり）や儀式のきまり・ならわし）について質問したり話し合った。」

マアちゃん「この人は、学者なんだね。」

お父さん「お父さんの想像だけどね、八雲は、前の年の佐太神

社神在祭の時の見学に付け加えて、この2週間にわたって、杵築や日御碕で滞在したことによって、きっと『神道』の意味や出雲地方だけにある特別の『信仰』について、体験的に（知識だけでなく、体を通して）学ぶことができたんじゃないかなあ。八雲は日本の神道が大変気に入った。神道との幸福な出会いをしたんだ。」

マアちゃん「八雲にとって、とてもすばらしい15日間の旅行になったねえ。」

お父さん「八雲は『お札』や『お守り』にも関心をもったんだよ。」

お父さん「さて8月10日(月)朝、3人は9時すぎに大社を出発。人力車2台？で山陰道を東へ。やがて庄原（出雲市斐川町荘原）辰巳屋で昼食。湖岸の船着場から午後4時発の汽船に乗って7時前に松江に着いた。」

マアちゃん「現代人のぼくにしてみればやれやれ、やっと着いた、という感じだね。のんびりした旅。というのも自動車と道路が発達していなかったからだね。」

お父さん「なお、この杵築旅行の費用は八雲が多く負担し、自分（西田）はおよそ6円半にすぎなかったと、日記に記しているよ。」

20．セツと二人で伯耆（鳥取県西部）へ漫遊旅行

お父さん「杵築から帰って4日後の8月14日から30日まで16日間、八雲はセツと二人で伯耆（鳥取県西部）へ漫遊旅行に出かけたよ。（いつも同行していた西田はこの時、関西と広島方面に出かけている。）」

マアちゃん「めずらしいね夫婦二人での旅行は。初めてじゃないかな。」

島屋
（現・小泉八雲記念公園）

八雲とセツの伯耆の旅

下市

八橋　由良　東郷池　浜村

島根県　　　　　　　　　　　　　鳥取県

お父さん「旅の順は下市→八橋→由良→東郷池→浜村と東へ向かって。」

マアちゃん「下市というのは、たしか、１年前八雲が松江へ初めてやって来る時、姫路から中国山地を越える道順で通ったね。そこで盆踊りを楽しんだ所だったね。」

お父さん「残念ながら、あの時、『先祖の霊をなぐさめるのに、最もふさわしい舞踊（おどり）だ。』とベタほめしていた盆踊りがこの年の夏は、中止になっていて、とてもがっかりしたそうだよ。」

マアちゃん「運が悪かったねえ。せっかくだったのに。」

お父さん「８月25日㈫、八橋から美保関までもどって、『島屋』という旅館に泊まった。松江には30日㈰に帰ったよ。」

小泉八雲記念公園（島屋跡地）

21. セツと加賀の潜戸を訪れる

お父さん「伯耆への小旅行の後、６日目の９月５日㈯、八雲はセツと１泊２日で、松江市島根町加賀を訪れた。小舟に乗せても

56

らい、加賀の潜戸の中に入って行った。」

加賀の潜戸

マアちゃん「ぼくも行ったことあるよ。佐太神社の神様がお生まれになったという言い伝えのある『新潜戸』ともう1つ『旧潜戸』があるね。」

お父さん「八雲は特に旧潜戸に心が引かれたようだ。旧潜戸は『賽の河原』（死んだ子どもの魂が行く所）で、死んだ子どもの魂がここに集まるという言い伝えがあるんだよ。後にこの日の旧潜戸を訪れた八雲の体験が『子どもたちの精霊窟—潜戸』（『知られぬ日本の面影』）という作品になるんだ。」

マアちゃん「そうだね。八雲の作品には、どれも八雲の思いが強くこめられているね。そう思って、これから読み返してみるよ、お父さん。」

　マアちゃんはいかにも納得した顔つきになってそう言いました。そして言葉を続けました。

マアちゃん「それから、お父さん。ぼくは今、急にもう1つ思ったことというか、ひらめいたことがあるよ。八雲が訪れた島根や鳥取のあちこちを、実際にぼくも行ってみよう。八雲が感じたことをぼくも自分で感じてみたくなったよ。」

22. こよなく愛する松江を物語に

お父さん「さあ、マアちゃん、こうやって、八雲は松江市内の散歩はもとより、山陰各地へ次々と、活発に、小旅行の形で出かけて行ったね。八雲はただ書物からの知識だけでなく、直接、自

分の目、耳、鼻、口、肌ざわり、つまり五感で、体で感じ、学習してたくさんのものを得た。また、その一方で、セツが話してくれる松江のふしぎな物語に、しんけんに耳をかたむけていった。これらが、やがて松江をはなれた後に出版される八雲の代表作品『知られぬ日本の面影』の骨組みになっていったんだよ。」

マアちゃん「あっ、そうだったのかあ。作品ができ上がるもともとは、松江でくらしていた時にあったのかあ。」

お父さん「八雲は松江城をつくる時の伝説や城下町に伝わる怪談を一生けんめい再話（伝説や昔話を聞いて、新しく物語を創作すること）にはげんだ。中でも大雄寺（松江市中原町）に伝わる悲しいお話『飴を買う女』。４歳で生き別れとなった自分のお母さんローザへの思いを重ねているんじゃないかなあ。『母の愛は死よりも強い』というその怪談の本当にうったえたいことを、八雲はきちんと受けとめたんじゃないかなあ。」

マアちゃん「うん、それで、ぼくたちの心にそれがひびいたから、ぼくたち２班はこの『飴を買う女』を紙芝居にしようと決めたんだよ、お父さん。」

この時ばかりはマアちゃんはほおを紅くさせ、口をとんがらせて言い切りました。

『飴を買う女』を紙芝居にしようと決めたんだよ！

23. 熊本への転任

お父さん「松江市民や島根県民にとっては残念だけど、八雲が松江を離れる話は、10月初め頃から、始まっていたようなんだ。東京帝国大学チェンバレン教授の紹介で熊本第五高等中学校（今

の熊本大学の前身）の英語教師で月給は200円。」

マアちゃん「えー、熊本へ‼しかも給料は島根の２倍だねえ。ちがいすぎるよ。」

お父さん「10月８日(木)、八雲は西田千太郎へ、きちんと熊本への転任の決意を伝えた。西田も『松江の天候、特に冬の寒さが八雲の健康のためにはよくない。熊本への転任は健康のために必要だ』と、この日の日記に記しているよ。西田としてはショックだったろうねえ。」

マアちゃん「松江でのくらしが気に入っていただけに、八雲はずいぶんまよった上での決心だったろうねえ。特に生徒には八雲の評判がよかったから、とても惜しまれたでしょう。」

お父さん「10月29日(木)、中学校講堂で全生徒による盛大な送別会が行われた。生徒たちからは短刀（６円30銭もする高価なもの）が贈られたそうだ。そして11月10日(火)には、八雲と尋常中学校、師範学校の先生方との送別会。先生方からは大変高価な楽山焼の花瓶が『はなむけ』（お別れの時のプレゼント）として八雲へ。八雲は大満足したそうだ。西田は自分と八雲は最も親しかったから、特にたびたび本をいただいたり、病気のお見舞いの品をいただいたので、何か餞別の贈り物を、と考えていたが、タイミング悪く、病気中なので、できない。持ち合わせの装飾用臂つきと広島の宮島みやげの大茶盆にした。八雲からは、以前籠手田知事のお嬢さんからプレゼントされた鶯とランプ１基をいただいた。今、このお別れの時、自分が病気のため、八雲のお世話ができないことは、八雲がもっとも悲しいことだろう。そう思うと、自分が一番残念だ。八雲は松江を離れても英字新聞『メイル新聞』を西田へ郵送することを約束した。以上のようなことを11月15日(日)、八雲が松江を出発する日、西田は日記に書いている。」

マアちゃん「西田千太郎が一番八雲と別れるのが、悲しくて、つらかっただろうね。この日は病気でお見送りもできなかったからね。」

お父さん「この後、松江を離れてからも、1897（明治30）年、西田が亡くなるまで二人の間で文通は続くんだ。」

マアちゃん「それほどの親しくて、おたがいに信頼しあっていたんだね。」

お父さん「さあ、いよいよ松江を出発する11月15日㈰。本当は予定よりも出発日がおくれたらしい。『旅行免状』（旅行の許可書）がなかなか来なくて、前日14日に到着したようだ。」

マアちゃん「熊本へ行くのにそんなにお許しが必要だったの？」

お父さん「前々日13日㈮からコレラ流行の兆しのため中学校は臨時休校に入っていたけど、午前8時、八雲の自宅前（北堀町）に集まった200人の生徒や先生といっしょに大橋西桟橋へ。」

マアちゃん「八雲を心からしたう生徒たちだね。」

お父さん「午前9時、多くの人々の見送りの中、汽船で宍道へ向かった。宍道の船着場に上陸すると、宍道町の料亭「一旗亭」で、宍道まで同じ汽船に乗ってついてきた尋常中学校や師範学

校の先生方と生徒の代表もいっしょにお別れの宴（送別会）が開かれた。」

マアちゃん「松江だけでなく、ここでも送別会。八雲は出雲地方の人々によっぽどよく思われていたんだね。」

お父さん「宍道からは人力車で、中国山地を越えるんだ。三刀屋→掛合→赤名→三次→可部→呉。呉から汽船で門司に渡り、ここで汽車にのりかえて、熊本には11月19日㈭夕方に着いた。」

八雲、熊本までの道のり

マアちゃん「松江から４日もかかった長旅だったねえ。」

お父さん「八雲とセツといっしょに、セツの養父母、稲垣金十郎と妻トミも熊本へ同行したんだ。」

マアちゃん「へえー、そうだったの。」

お父さん「八雲とセツはこの二人を大切にしたよ。稲垣夫妻は熊本から、神戸、そして東京に移り、亡くなるまで八雲の家族とともに過ごしたんだ。」

マアちゃん「親思いのやさしい八雲とセツだから、安心だったね。」

第Ⅲ章

熊本でのくらし

---

1. 熊本での3年間

お父さん「1年3か月の松江でのくらしを終え、1891（明治24）年11月19日、満41歳で熊本第五高等中学校英語教師として赴任（仕事につく）した八雲。この日から1894（明治27）年10月まで、契約どおり3年間の熊本でのくらしが始まったよ。」

マアちゃん「熊本は松江とはちがっていることもあっただろうねえ。」

お父さん「年齢も高校生だし、気質もちがうし、最初は、とまどったようだね。熊本の町は『神々の国の首都』と呼んだ松江の印象と比べると『西洋化された軍人の町』という印象が強かったらしいね。」

マアちゃん「すまいは？」

お父さん「洋風の官舎（公務員用の宿舎）をことわって、純日本風の家を借りて住んだ。」

マアちゃん「やっぱり日本好きの八雲らしいね。松江でのくらしで、よけいそうなったんだよ。」

お父さん「松江でのように、どんどん外出して野外を歩いて、見学学習することは減ったけど、逆に家族といっしょにすごす時間や日本を冷静に見つめて、深く考えて文章にする時間がふえたんだ。」

62

| マアちゃん | 「それはそれでよかったね。」 |

「心」
小泉八雲記念館提供

| お父さん | 「たとえば『心』という本の最初のところ「停車場にて」は、犯人と警察官の涙をキーワードに、日本人の大事なところを表した傑作。これが熊本時代に生まれたようだ。」 |

| マアちゃん | 「フーンそうなの。」 |

2. 山陰や隠岐へ大旅行

| お父さん | 「ところでマアちゃん、熊本へ移った次の年、1892（明治25）年の7月には、八雲とセツは関西から山陰、海をこえて隠岐までの大旅行をやっているんだよ。」 |

| マアちゃん | 「えー、びっくり。あくる年に。よっぽどこっちが、こいしかったんだよ。」 |

| お父さん | 「この夏の約2か月の関西・隠岐旅行は、八雲の日本での旅としては、一番長いものだったよ。」 |

| マアちゃん | 「わざわざ隠岐まで。」 |

| お父さん | 「セツといっしょに、7月16日に熊本を出発。博多→門司→神戸→京都→奈良→下関→境港（ここから日本海を）→隠岐→美保関→米子→倉敷→尾道→門司→熊本。」 |

| マアちゃん | 「うわー、すごい。西日本をぐるっと一周した感じだね。松江には立ち寄らなかったのかあ。」 |

| お父さん | 「八雲はちゃんと西田千太郎に隠岐の『おみやげ』を送っているんだ。それ、陳列されているでしょう。この黒曜石。」 |

お父さんは、隠岐特産の黒光りした黒曜石を指さしました。

熊本から約2か月間の大旅行へ

隠岐　美保関　境港　米子　京都　神戸　奈良　倉敷　尾道　下関　門司　博多　熊本

西田くん
隠岐特産の黒曜石の
おみやげを
送るよ！

マアちゃん「あっ、ほんとうだ。八雲からのプレゼントだね。」

お父さん「そうだ、この熊本時代にすばらしいことがあった。忘れるところだった。」

お父さんはあわててメモを取り出しました。

お父さん「熊本に来た、ちょうど2年後、1893(明治26)年11月17日、八雲とセツの長男、一雄が、熊本の西坪井堀端町で生まれたんだよ。八雲が43歳、セツ25歳の時だね。」

マアちゃん「よかったねえ。」

お父さん「ラフカディオの『カディオ』にちなんで『一雄』と名付けた。」

マアちゃん「なるほどねえ。」

お父さん「英語名は、レオナルド・カジオ・ハーン。イギリス

64

の国籍に入るイギリス人だから。」

マアちゃん 「そうか。八雲は日本人ではなくて、イギリス人だからね。まだこの時は。」

お父さん 「八雲は一雄が生まれてから、父としての責任を強く感じるようになったそうだ。」

マアちゃん 「きっと一雄は、お父さん八雲にとてもかわいがってもらったんだろうねえ。」

お父さん 「残念なことに、八雲はこの一雄が10歳の時、この世を去ってしまうんだ。」

マアちゃん 「うわー、小学校４年生の時だ。そんなに早く。」

お父さん 「一雄はのちに、父八雲との日々の思い出を２冊の本『父八雲を憶う』と『父小泉八雲』にまとめたよ。」

熊本第五高等中学校の
英語教師としてのくらしは
1891年11月19日から
1894年10月までの３年間
だったよ。

お父さん、
八雲は次どこに
行っちゃうの？

記者として神戸でのくらし
～日本人小泉八雲の誕生～

1. 新聞記者にもどる

お父さん「八雲は1894（明治27）年10月満44歳の時、3年間の熊本第五高等中学校英語教師をやめた。ここで職業を変えたんだ。1か月100ドルの契約で、英字新聞『神戸クロニクル』の記者として神戸へ赴任した。2年後の1896（明治29）年まで家族いっしょに神戸でくらすことになったんだよ。」

マアちゃん「へえー、思いきったことをしたね。学校の先生から元々やっていたこともある新聞記者にもどったんだね。」

お父さん「自由を求めて記者生活にもどったんだ。記者として、日本の政治や文化をしっかりと書いていったんだよ。」

2. 日本人小泉八雲の誕生
～正式な結婚の手続～

　ここでお父さんは急にあらたまった、真剣な表情になりました。

お父さん「さて、マアちゃん、この神戸時代に、すごいことがあったんだよ。それは一雄が生まれたことによって八雲が決意したことだよ。このままではいけないと。」

マアちゃん「いったい何？」

お父さん「自分の家族３人を日本の法律でみとめてもらわなければならない。そうしないとセツと一雄がこれから日本人として生きていく権利をなくしてしまう。それにはイギリス国籍の自分が日本国籍を手に入れるしかない。そのためには、自分が日本人小泉セツの婿となって正式な結婚をして日本人となる（帰化する）ことが必要なんだ、と。」

マアちゃん「少しややこしいけど、わかったよ。八雲は自分の子どもの頃の不幸を思い出したのかなあ。」

お父さん「そうだと思うよ。」

マアちゃん「八雲はやさしい思いやりのある父親の立場に立って、思いきったことをよくやったねえ。長男一雄が生まれて２年２か月後のことだね。」

お父さん「1896（明治29）年２月10日、八雲が満46歳、セツが満28歳、一雄が満２歳２か月の時、手続が完了した。日本で191番目の国際結婚（ちがった国の男女が結婚）になった。」

マアちゃん「それでやっと『小泉八雲』が誕生したわけかあ。じゃあ『八雲』という名前にしたのはどういうわけ？」

お父さん「八雲は家族と相談した。日本で最初の和歌と言われているのは、マアちゃんは知っているかなあ。『古事記』に書かれていること。スサノオノミコトがヤマタノオロチをたいじしたあと、

イナタヒメと結婚し、スガという所に住まいをつくる時、『八雲立つ、出雲八重垣妻ごみに、八重垣つくるその八重垣を』とうたわれた短歌。その『出雲』の前にあることば（枕詞）の『八雲』にちなんだんだよ。」

マアちゃん 「へえー、そういうわけだったのかあ。出雲地方が大好きの八雲らしい決め方だねえ。ピッタシの名前だよ。」

お父さん 「今では国際結婚はめずらしくないことだけど、当時は、あやまった考え方をする人が多くて、八雲夫婦に対して風当たりがきつかったそうだ。」

マアちゃん 「八雲の家族は、このことで苦労したんだねえ。でも、ちょっとほっとするよ。ほら、お父さん、このうれしそうな幸せな家族3人の写真を見てごらん。」

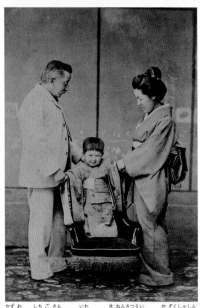

一雄の七五三のお祝いに記念撮影した家族写真
小泉八雲記念館提供

お父さん 「神戸で一雄の七五三のお祝いに記念撮影した、とてもほほえましい、幸せそうな家族写真だね。」

3. 八雲が再び松江を訪れる

お父さん 「実はマアちゃん、八雲は、1896（明治29）年に、松江へやって来ているんだ。」

マアちゃん 「へえー、わざわざ神戸から。八雲やセツは久しぶり、そして満2歳の一雄にとっては初めての松江、島根、とってもうれしいことだったろうねえ。うれしいなあ、ぼくとしても。」

お父さん 「次の東京へ赴任する（仕事に行く）前に、正式に結婚して、日本人になったことの『あいさつ』もかねて、久しぶり

に松江へ。6月末から8月
20日まで2か月近くもこちら
にいた。小泉家の親せきにあ
いさつしたり、なつかしい
友達と再会したり、思い出の
深い中学校の校舎や堀端の
「八雲旧居」を訪ねたんだよ。」

マアちゃん 「ずいぶんなつか
しかったし、さぞかしみんなに喜ばれたでしょうねえ。」

お父さん 「7月には美保関の加鼻の旅館に泊まって、海水浴。
8月には大社の稲佐浜のあのなつかしい養神館に泊まっている。」

マアちゃん 「西田千太郎も大喜びだったでしょう。」

お父さん 「『西田千太郎日記』によれば8月11日朝7時、八雲
の家族と同行した西田は、汽船で荘原へ9時半に着き、今市（出
雲市）で昼食。午後2時に杵築（大社町）到着。この日、例の
養神館に空室がなかったので、いなばや旅館で宿泊。12日には千
家氏を訪問している。この日、養神館に移った。18日、朝7時
半、風雨の中を出発。11時に荘原（斐川町）に着く。午後、暴風
雨になって、汽船が出なかったため、荘原で一泊。19日朝3時の
船で、5時に松江に着いた。」

マアちゃん 「これもけっこう、きつい旅だったね。」

お父さん 「そして次の日、8月20日西田は松江大橋で八雲たち
を見送った。残念だけど、これが八雲と西田の"最後の別れ"となる
んだ。まもなく八雲が東京へ移った翌年、西田が亡くなるからね。」

マアちゃん 「まさか、そういうことになるとは、二人は思っても
みなかっただろうねえ。」

　二人は、しんみりとした顔つきと、ふんい気になりました。

東京で大学講師
～どんどん作品を書く～

1. 島根での教え子と再会

お父さん「約2年間の神戸での記者生活の次は、東京での大学講師の生活に移る。八雲の作品を愛読する東京帝国大学の外山正一からの招きで、1896（明治29）年9月2日、満46歳で八雲は帝国大学英語講師になったよ。」

マアちゃん「また家族そろって東京へ引越しだね。」

お父さん「月給400円の契約で、こののち、6年半、1903（明治36）年満53歳の時まで、この大学で仕事をする。イギリス文学とか、詩や詩人について、わかりやすい教え方となめらかな語りで、学生には評判がよかった。優秀な教え子の中に、島根県尋常中学校時代の大谷正信もいたんだ。」

マアちゃん「二人にはまた東京での縁があったんだね。きっと島根出身の生徒、大谷は東京でまた八雲先生に教わるという、思いがけないこと。うれしさ格別だっただろうねえ。」

2. 西田千太郎の死　～悲しい知らせが松江から～

お父さん「ところでマアちゃん。この東京に移ったおよそ6か月後、八雲にとってとても悲しいショッキングな知らせが入った。」

70

マアちゃん「ひょっとして、松江の西田千太郎のこと？」

お父さん「そうなんだ。1897（明治30）年3月15日、松江時代の八雲を、公私ともに支えた西田千太郎が34歳の若さで亡くなったんだ。教育熱心で県内のいろいろな方面の人たちから信望が厚かった方。結核という病気にかかっていて、八雲に付きそっていた期間中、ずっと病気が重いのに、無理して、お世話していたんだ。八雲が『あのように善い人に、あの病気、神様悪いですね。ですから世界むごいです。』と嘆いたそうだ。」

マアちゃん「本当に、おしい方を亡くしてしまったねえ。」

　マアちゃんは、しんみりとかなしい表情で、つぶやきました。

3. 楽園のような焼津

お父さん「東京へ移って次の年1897（明治30）年8月、知り合いのすすめで、家族といっしょに、静岡県の焼津で"楽園"を見つけたんだ。魚屋をしている山口乙吉と出会った。八雲は乙吉を『神様のような人』と呼んで、したった。それ以後、6回も夏を焼津ですごした。」

マアちゃん「へえー、よっぽど乙吉はよい人だったんだね。」

お父さん「東京時代の八雲の楽しみは、夏休みになると家族や書生（学生）をつれて、魚屋山口乙吉宅の2階ですご

焼津の魚屋山口乙吉の家
（大正時代の写真）
小泉八雲記念館提供

71

すことだった。駿河湾で泳いで、
長男一雄にも水泳を教えた。浜の
漁師たちとも気安く付き合って、
浴衣に草履ばきのくつろいだ姿で
散歩を楽しんで、その土地の言い

伝えを集めることもした。そういう焼津での体験が『焼津にて』
『海のほとり』『乙吉のだるま』などの作品に描かれているよ。」

マアちゃん「なんだか八雲の島根の時代に似ているね。」

4. 念願の富士山へ登る

お父さん「八雲が初めてアビシニア号という船で日本へやって
きて、横浜に入港する時、その船の甲板からながめた富士山の
姿。八雲に強烈な印象を与えていたんだね。いつかは登ろうと
思っていたんだ。それが、東京に移って次の年の1897（明治30）
年8月、満47歳の時、焼津に滞在中、松江時代の教え子藤崎八三
郎と御殿場口から富士山に登った。」

マアちゃん「たしか八雲は横浜へは1890（明治23）年4月4日、
満40歳の時到着したから、なんと7年かけてこの夢がかなったん
だねえ。頂上で、さぞかしうれしかったでしょうねえ。」

5. 作品をどんどん書く
～アメリカから出版・日本のよさを世界に広める～

お父さん「東京時代の八雲は、焼津で夏をすごす以外は、ほと
んど自宅の書斎（勉強部屋）にこもって、セツの語る昔話や言い
伝えに耳をかたむけ、次から次へと再話作品（聞いた話を新しく

物語に創作すること）に仕上げていった
よ。中でも代表作『怪談』は、この時、
死の半年前、1904（明治37）年満53歳の
時、書き上げている。」

マアちゃん「へえー、ぼくも知っている
『怪談』はその年に書かれたものかあ。」

お父さん「こうして八雲は東京時代
に、日本に関係した書物を次々とアメリ
カで出版したんだ。」

マアちゃん「そうして、どんどん日本の
よさを世界中に広めることになったんだね。」

納得顔のマアちゃんです。

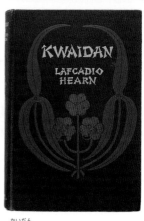

『怪談』
小泉八雲記念館提供

6. 次々に子どもをさずかる　〜次男、三男、長女誕生〜

お父さん「作家としての幸せをつかんだ東京時代に、私生活で
もうれしいことがつづいたんだ。」

お父さん「1897（明治30）年2月、東京に移って約5か月後、
八雲が満46歳の時、次男巌が、次に1899（明治32）年12月、八雲
が満49歳の時、三男清が、そして1903（明治36）年9月、八雲が
満53歳の時、長女寿々子が生まれたんだよ。」

マアちゃん「4人も子どもにめぐまれたんだねえ。」

お父さん「大家族になったから、4人目の長女寿々子が生まれ
る前の年1902（明治35）年3月19日、それまでの市谷富久町から
新宿区西大久保の家に移った。今の大久保小学校の敷地内にあっ
た、広さ50坪（約165㎡）の日本の数奇家風（茶室のような建て
方）の家を買ったんだよ。6人の家族のほかにセツの養母トミや、

書生や女中もいっしょにすんでいるから、大にぎわいだね。」

マアちゃん 「そうだね。4人兄妹だから相当にぎやかだったろうねえ。」

7. 早稲田大学講師に

お父さん 「ところで、長女寿々子が生まれる4か月前の1903（明治36）年3月、八雲は東京帝国大学講師をやめるんだ。数名の英文科の学生がやめないでほしいという運動までして、ひきとめたんだけどね。」

マアちゃん 「八雲先生は学生に好かれていたからね。」

お父さん 「そのあと、八雲は早稲田大学講師になって、3月9日から勤めに出た。そして翌4月2日にあの有名な『怪談』が出版されたんだ。」

8. 54歳でこの世を去る

お父さん 「1904（明治37）年の秋が近づくころから、この年6月27日に満54歳になった八雲は、時おり、心臓発作（心臓が悪くて、息苦しくなる）を起こすようになったんだ。9月19日にはセツの親せき梅謙次郎（民法という法律の学者）あてに遺書（死ぬ前に書きのこす手紙）を書いた。」

マアちゃん 「もう覚悟を決めていたんだね。」

お父さん 「それから数日後の9月26日朝、『めずらしい世界へ旅した夢を見た』とセツに告げ、その後、長男の一雄へ『おやすみなさい』と言って学校へ送り出した。夕食後、午後8時すぎ再び心臓発作を起こし、横になると、間もなく笑みをうかべて、あ

の世へ旅立ったそうだ。お葬式は生前から訪れたことのある市谷富久町の円融寺（瘤寺）で仏式で。雑司ヶ谷の墓地に葬られた。」

マアちゃん「おしいなあ。残念だなあ。まだ54歳なのに。」

お父さん「そうだね。もっと長生きして、もっともっと日本についての作品を書いていただきたかったね。」

二人はしんみりとなって、対話がとぎれました。

54歳だなんてまだまだ若いのに残念だね…。

第Ⅵ章

小泉八雲記念館の展示を見て
伝えたいこと
～世界へ大きな影響を与えた小泉八雲～
-改めて小泉八雲の功績を知る-

　二人は、しばらく休けい。特にマアちゃんは、ちょっと３年生にしてはむずかしいことばかりでつかれましたが、元気回復です。再び展示室で親子の対話が始まりました。

アインシュタイン

夏目漱石

お父さん「八雲はけっきょく日本を題材にした書物を15～16冊出版した。その中で有名なのが『知られぬ日本の面影』『怪談』『日本、１つの解釈（神国日本）』だね。」

マアちゃん「ぼくもその中のいくつかのお話は読んだことがあるよ。」

お父さん「実は八雲が生きている時はもちろん、八雲が亡くなった後に八雲の作品や考え方、人柄に大きく影響を受けた人々がつぎつぎ出てきたんだ。マアちゃんも知っている有名な人物としては、まず夏目漱石。たとえば漱石の名作『坊ちゃん』は八雲の作品『英語教師の日記から』の影響を受けていると言われてい

る。」

マアちゃん「『坊ちゃん』の中に、英語教師など、いろいろな先生が出てくるからね。」

お父さん「ほかには、マアちゃんの知らない人物ばかりだけど、そのうち中学生や大人になったらわかるかもしれない。例えば志賀直哉は『文章を書く上で、一番参考になったのは八雲だ』と言ったらしい。民俗学者柳田國男は『八雲以上に理解ある観察者はめったにいない』と敬意を表わした。そのほか、アインシュタイン、バーナード・リーチなど。」

マアちゃん「お父さん、そのうち、そういう人たちの勉強をしてみるよ。八雲とのつながりもいっしょに。」

お父さん「最後にこの人だけは、どうしても知っていてほしい人物がいる。それはボナー・フェラーズ。八雲の作品の愛読者で、八雲の長男一雄と親しくしていたアメリカ人。」

マアちゃん「ボナー？」

お父さん「八雲のひ孫、つまり、一雄の息子『時』のそのまた息子の『凡』の名は、このボナーにちなんでつけられたそうだ。」

マアちゃん「へえー、『ボナー』と小泉凡先生の『凡』かあ。」

お父さん「第2次世界大戦で日本が敗れた後、その戦争の責任者として天皇がうったえられそうになった時、アメリカ軍のトップリーダー、マッカーサーの秘書をしていたボナー・フェラーズは、天皇をよく理解していたので、マッカーサーに自分の考えを提案したんだ。」

マアちゃん「へえー、びっくりした。すごい。フェラーズもよくぞ。」

お父さん「フェラーズをそうさせたのも小泉八雲の作品のおかげだね。小泉八雲は、その後の平和な国、そして象徴天皇制の日

本にとって大きな功績をのこしたことになるんだ。」

　マアちゃんは、思いもよらぬ新事実に発することばがないほど、
改めて八雲の与えた影響の大きさに感心しました。

　以上、お父さんがマアちゃんに話す時、教材に（もとに）した
本や資料は、

●小泉八雲記念館図録『小泉八雲、開かれた精神の航跡。』
　　　　　　　　　　　　　　　　　　（2016.7.16　小泉八雲記念館発行）

●『西田千太郎日記　全一巻』（1976（昭和51）年島根郷土資料刊行会）

●「松江時代における小泉八雲の行動歴」（1890年3月より1891年11月15日まで）
　　　　　　　　　　　　　　（『小泉八雲・松江』ＮＰＯ法人松江ツーリズム研究会発行）

●山陰中央新報創刊100周年特別企画　新聞に見る郷土百年史「そのとき山陰は」
　　　　　　　　　　　　　　（山陰中央新報昭和55年〜57年連載記事の中から）

●『島根県大百科事典』　　（1982（昭和57）年.7.15山陰中央新報社発行）

●宍道正年「小泉八雲を支えた西田千太郎の偉大さ」
　　　（2016.12.15　松江市朝日公民館主催　第5回大人のふるさと教育講座資料）

●山陰中央新報連載記事「八雲の54年」　　　　（2000年2月〜3月）

八雲が
日本や世界に
与えた影響は
スゴイんだ！

そうだよ！
もっと、八雲の
本を読んで
みようよ‼

第Ⅶ章

小泉八雲の作品の中から
～『知られぬ日本の面影』の中から～

　小泉八雲記念館での見学を終えて外に出た親子は、内堀に面したベンチに腰をおろして休けいです。

マアちゃん「お父さん、今から小泉八雲のたくさんの作品の中から、ぼくが知っている、ぼくにも内容がわかるお話をいくつかしてちょうだい。」

お父さん「よし、それじゃあ、八雲が日本へやってきて第1作となった『知られぬ日本の面影』。この中にはマアちゃんが知っている地元のお話があるからね。八雲が自分でその場所を訪ねたり、セツ夫人から言い伝えや昔話として聞いたことをまとめた『再話』だよ。実は昨日の夕方、松江歴史館の基本展示室の小泉八雲コーナーの音声ガイドで、お父さんは勉強して、メモをとってきたんだよ。まず、マアちゃんたちが小学校で紙芝居にした『飴を買う女』から始めようか。」

※以下、大塚享義さんと岡崎雄二郎さんが、原文（英語）を日本語に訳されたものを著者が子ども向けにアレンジしました。

1. 飴を買う女

お父さん 「松江温泉に近い中原町の大雄寺というお寺の墓地に
こんなかわいそうな話があるんだよ。」

　昔、同じ中原町に水飴（大麦という麦から作ったとても甘い、水のようにやわらかいアメ）を売っている小さな飴屋があったそうだ。今だったらミルクがあるけど、昔、母乳が出ない時、ミルクの代わりに赤ちゃんに飲ませていたものだったけどね。さて、毎晩、おそく、青白い顔して白い着物を着た女の人がその飴屋へ、少しの量の水飴を買いに来るんだ。飴屋はその女の人があんまりやせていて顔色が悪いのをふしぎに思って、買いにくるごとにやさしくして、どうしたんですかと、わけをたずねたけど女の人は何にも答えなかった。

　そして、ついにある日、どうも気になって、様子を知ろうとその女の人のうしろを見つからないようにつけて行った。すると女の人は墓地へ向かって行った。それで飴屋は急にこわくなってひき返したんだ。

　次の日の夜、その女の人はまたやってきたけど、この日は水

80

飴は買わないんだ。ただ
「ついて来て。」と手招きを
する。そこで、飴屋は数人
の仲間をつれて、墓地へつ
いて行った。やがて、女の
人はある1つのお墓の前へ
行くと、姿が消えたんだ
よ。すると、地面の中から
赤ちゃんの泣き声がきこえ
る。すぐ墓を掘ってみると、毎晩飴屋にやって来ていた女の人の
死がいがあって、その横には、うまれたばかりの赤ちゃんがいて、
飴屋が手に持っていた提燈のあかりを見て笑っている。そのそば
には水飴を入れる小さな椀（お茶わん）がおいてあった。お母さ
んがまだ本当は死んでいないのに、まちがって、お墓に入れられ
（ほうむられ）、やがてお墓の中で赤ちゃんがうまれた。だから、
そのお母さんが、「ゆうれい」になって、赤ちゃんに飲ませて育
てるため水飴を買いに来ていたんだよ。

お父さん「お母さんの愛は死よりも強いんだから‼」

マアちゃん「あー‼なんとも言えないほど、かわいそうなお話。
だけど、そのお母さんはゆうれいになってでも、わが子を育てよ
うと、いっしょうけんめいになったんだねえ。」

お父さん「八雲は自分自身の幼い頃のことを思い出したかもし
れないね。」

マアちゃん「その子はきっと、それから、飴屋さんや町の人たち
の手で、大切に育てられたとぼくたちはそういうふうに、想像し
て物語のつづきを紙芝居に付け加えたんだ。」

　今からおよそ400年前、江戸時代のはじめ、出雲国のお殿様になった堀尾吉晴が、大橋川へ初めて松江大橋をかけようとした時、大工さんがいくら苦労しても失敗ばかり。橋を支える柱がやわらかい川底にきちんと立たない。いくら大きな石を川底に投げてかたくしても、昼間に立てた柱が夜になると川の水で流されてしまう。それでもどうにか橋はかかったけど、すぐに柱がしずみ出した。

　それから大水のために、半数の柱が流された。また直すとそのたびにこわれる。これは川の神さまがおこっておられるからだ。

　そこで人身御供（生きた人間をいけにえとして、神さまにおそなえする）をして、水神の怒りをなだめることになった。けっきょく、水の流れがもっともはげしい橋の中央の柱の根元へ一人の男を生きたまま埋めた。それからのち、橋は300年間びくとも動かなかった。ぎせいになった男は、松江の雑賀町に住んでい

「まち」のない袴　　「まち」のある袴

た源助。それは「まち」（足が自由にのびのび動けるよう余分に付け足した布）のない袴を着けて、橋を渡る者があれば、その人を埋めることに決めてあった。すると、「まち」のない袴をはいていた源助が渡ろうとしたので、ぎせいになった。それで、最も中央の橋の柱は「源助柱」と名付けられた。

月のない宵（夜がまだ明けきれないころ）には、いつも２時から３時までの間に、その柱のあたりを、「鬼火」が飛んだそうだ。いろいろな外国と同じように、「ゆうれい」の火は日本でもたいがい「青い」ものだと聞いていたけど、この火の色は「赤」だったそうだ。

マアちゃん「うわー、源助が、かわいそう!!」

3. 小豆磨ぎ橋

お父さん「これはとてもこわい話だよ。」

マアちゃんちょっと身構えてお父さんの話に耳をかたむけます。

松江城の東北に普門院というお寺がある。その近くに（今の北堀町に）小豆磨ぎ橋という橋があった。その昔、毎日、夜になると、女のゆうれいが、その橋の下に現れて、小豆を磨いだ、つまり洗ったそうだ。

ところで日本には、虹のように美しい紫色をした「杜若」という花があってね。その花について「杜若」という歌があるんだけど、なぜか、その歌を、この小豆磨ぎ橋のあたりで歌ってはならない。どういうわけか、そのわけはわかっていないけどね。そこに現れる「ゆうれい」がその歌をきくと、大変おこって、もし、歌う人がいると、おそろしい災難（わざわい）がふりかかるそうだ。

さて、ある日、この世

84

におそれるものは
なにもないという
「お侍」がいて、
こともあろうか、
夜になって、この
橋へ行き、声高ら
かに、この「杜
若」を歌った。し
かし、「ゆうれい」
は現れないので、
その場所で笑って

家に帰ると、門の前で見おぼえのない、すらりとした背の高い美
しい女の人に出会った。その女の人は会釈（おじぎ）したので、
その「おさむらい」も「さむらい」らしく礼をした。

　その女の人は箱をさし出し、「私はただの使いのものですが、
これは女主人からの贈り物です」と言ったら、すぐ姿を消してし
まった。

　その「おさむらい」が箱を開けると、中には、血まみれになっ
た幼い子（幼児）の頭が入っていた。おどろいて家に入ると、客
間（客座敷）には、頭のちぎれた、わが子の死体が横たわってい
たんだ。

マアちゃん 「ウワッ!!むごい!!」

4. 化け亀

お父さん「この話はマアちゃんもよく知っているはずだ。松江市外中原町の月照寺境内の墓地にある『寿蔵碑』(「大亀の石」)のことだね。松江城のお殿様で松平家の第6代宗衍という方の命令で、親孝行息子の第7代治郷(不昧公)がはるばる出雲市の久多美から、運んできた3個の大きな石で建てたもの。小泉八雲やセツ夫人はもちろん、明治時代の松江の人々はそういう歴史上のことをだれも知っていない。」

マアちゃん「八雲はきっと、奇妙なおそろしいものに見えただろうねえ。」

お父さん「この石の巨像は長さがほぼ1丈7尺(約5m)で、頭を6尺(約2m)も地上から上げている。刳りぬいた背中には高さ約9尺(約3m)の大きな立体の1本の石柱が立っており、(きざまれた文字が)風化して消えそうな碑文が書かれている。出雲の人々が想像していたように、この墓地の『悪夢』(大亀)が夜中に動き出し、近くの蓮池で泳ごうとするのを想像してみるがよい。」
(『知られぬ日本の面影』「杵築雑記」より)

マアちゃん「へえー、あの大亀が泳ぐの!!」

お父さん「さて、こんなおそろしい、とてもありえない行動（泳ぐこと）のため
に亀の首はついに折
らねばならなかった
と伝えられている。
しかし、実際には、
ただ、地震でこわれ
たにすぎないかのよ
うになっている。」
（『知られぬ日本の
面影』「杵築雑記」
より）

マアちゃん「フーン、八雲は、実際に見てそう考えたんだねえ。
折られたんではないかと。」

お父さん「さあ、どうだったかな、マアちゃん、以上4つのお
話。」

マアちゃん「どのお話の場所も松江市内で、近いね。僕も実際に
そこへ行って八雲と同じように、同じ場所で想像してみたくなっ
たよ。」

　マアちゃんの目はキラキラと輝いて、小泉八雲みたいにすぐに
出かけようという積極的なかまえになりました。やる気満々のマ
アちゃんでした。

終

小泉八雲記念館
Lafcadio Hearn Memorial Museum

ミュージアムグッズ Museum Goods

『小泉八雲、
妖怪へのまなざし』
本体1,500円＋税
B5判(182×257mm)／
82ページ／日本語・英語
小泉八雲記念館／2020年

『ハーンを慕った二人のアメリカ人：
ボナー・フェラーズとエリザベス・ビスランド』
本体1,500円＋税
A4判(210×297mm)／
56ページ／日本語・英語
小泉八雲記念館／2020年

『八雲が愛した日本の美：
彫刻家 荒川亀斎と小泉八雲』
本体1,500円＋税
A5判(148×210mm)／
52ページ／日本語・英語
小泉八雲記念館／2018年

『小泉八雲、開かれた精神の航跡。』
小泉八雲記念館図録
本体1,800円＋税
B5変型判(182×225mm)／104ページ
日本語・英語
発行：小泉八雲記念館
販売：山陰中央新報社
2016年(2018年第2版)

住　　　　所／〒690-0872 松江市奥谷町322
お問合せ先／TEL：0852-21-2147
営業時間／4月～9月
　　　　　　8：30～18：30(受付終了18：10)
　　　　　　10月～3月
　　　　　　8：30～17：00(受付終了16：40)
定休日／年中無休
入館料／【個人】大人　410円　小人　200円
　　　　　【団体】大人　320円　小人　160円
　　　　　　　　　(20名以上)
交通アクセス／JR松江駅からレイクラインバス15分、
　　　　　　　小泉八雲記念館前
ホームページ／https://www.hearn-museum-
matsue.jp/

国指定史跡 **小泉八雲旧居** （ヘルン旧居）

住　　　　所／〒690-0888
　　　　　　　松江市北堀町315
お問合せ先／TEL・FAX
　　　　　　　0852-23-0714
営業時間／小泉八雲記念館と共通
定休日／小泉八雲記念館と共通
入館料／【個人】大人　310円
　　　　　　　　小人　150円
　　　　　【団体】大人　240円
　　　　　　　　小人　120円
　　　　　　　　(20名以上)
交通アクセス／小泉八雲記念館と共通
ホームページ／https://www.matsue-
castle.jp/kyukyo/

2020.12.5 現在

面白い八雲の本作るよ

松江の宍道さん取材中

元松江歴史館専門官の宍道正年さん(72)が、地域史を分かりやすくひもとく書籍「親子で学ぶ」シリーズ（山陰中央新報社）の第9弾を12月に刊行しようと準備を進めている。今回は「親子で学ぶ小泉八雲」と題し、小泉八雲（ラフカディオハーン、1850〜1904年）の生涯を分かりやすく説明する。

宍道さんは、小学生の孫から八雲について質問を受けた際、本や資料に子ど

向けのものが少ないことに気付き、「人となりを知る必要がある」と執筆を決めた。内容は八雲の誕生から日本での生活をたどる。中でも松江で、八雲と親交の深かった西田千太郎（1862〜97年）が残した日記を読み解き、八雲が県内で過ごした1年3カ月を詳細に記述している。小泉八雲記念館（松江市奥谷町）の協力を得て、新聞記事を活用して仕上げる予定だ。

宍道さんは「郷土の偉人たからだと改めて見直す必要がある」と強調した。「八雲の功績があっ

ての足跡から人生のヒントを学んでほしい」と望む。

松江市は2021年、国際文化観光都市70周年を迎える。

A5判・約90ページで、定価は1650円を予定している。

（片山皓平）

小泉八雲記念館で取材をする
宍道正年さん

あとがき

宍　道　正　年

　冒頭から私事で恐縮です。今年１月、小学校３年生の孫娘が「おじいちゃん、今、学校で小泉八雲の勉強をしているんだけど、八雲について教えてよ。」と、いきなりのリクエスト。ところが、私自身正直なところ、小泉八雲についてはほとんど無知。「ちょっと待って。おじいちゃんが少し調べてみるから。」孫が読んでもわかる参考になる、本や資料はないかと、あわててさがしてみましたが、大人向けはたくさんあっても、小学生用の本は皆無。松江市内の小学校３〜４年生用社会科副読本を開いても、ほんの数行程度記してあるだけ。八雲の作品そのものを紹介した本やマンガはあっても八雲の生誕から生涯を通しての業績や人柄、生活ぶりを書いた本は見つかりませんでした。結局、孫達はインターネットをもとにして、「小豆磨ぎ橋」の物語を紙芝居に作成し、学習を終えたようです。

　そこで、孫かわいさのジジバカぶりです。「じゃあ、おじいちゃんが、これから八雲について調べて、勉強して、３、４年生でも読める本を作ってあげるから。」と孫娘に約束してしまいました。孫娘の喜ぶ笑顔見たさに勢いよく言ってしまいました。これが恥かしながら本書刊行を思い立ったわけです。

　私自身全くの門外漢でこれまでの不勉強。原稿の中身は、研究者の方々がごらんになれば笑われるようなことばかりだと思います。言い訳になりますが、あくまでも、小泉八雲について初めて学ぶ小学校３、４年生（松江市内は３、４年生）がこの本を読むことによって、八雲に対して少しでも興味、関心を持ってくれれば、そしてその後、自分自身で勉強を深めていくきっかけになってくれれば幸い、という気持ちで、思い切って出版することにしました。さっそく、この本を書くにあたり、小泉八雲記念館の展示と図録そして『西田千太郎日記』を底本とさせていただきました。

　ところで、原稿を書いていくうちに気がつきました。八雲の全体像を、小学校３、４年生に、わかりやすく文章表現して、伝えていくことが至難の技であることを。子ども一人で読むのは少なくとも６年生か中学生でな

いと無理ではないかと。やはり、3、4年生の保護者の方など大人の方が
かたわらで、読んでわかりやすくくだいて、子どもに伝える方法をとるべ
きではないかと。あくまでもこの本の書名のような「親子で学ぶ」という
「読み聞かせ」のような方式を取っていただきたいです。

　また私自身大変驚いたことがいくつかあり、改めて小泉八雲について見
つめ直し、いっそう敬愛の念を、持ちました。一つ目は、八雲が非常に厳
しい環境の下で幼少年期を過ごしていたこと。例えば両親と離れ、大伯母
に養育されていたこと。実は私自身も母親の肺結核による入院・手術・療
養のため、4歳から5歳にかけて2年余り大伯父の家に預けられていまし
た。思わずその頃のことを、八雲に重ねて思い出しました。ハングリー精
神が幼少期に培われたのではないかと。

　二つ目は、昭和26年（1951）松江市が、京都、奈良に続いて3番目の「国
際文化観光都市」になることができたのは、松江城ではなく、小泉八雲の
おかげだったこと。前年、「ラフカディオハーン（小泉八雲）百年祭」が
開催されていることも初めて知りました。私たちは「国際文化観光都市・
松江」という看板を、ふだん無意識のうちに使っていますが、とんでもな
いこと。八雲の業績あってこそだったことを再認識しなければならないと
痛感しました。

　三つ目は、第二次世界大戦後、現行憲法の下で象徴天皇制となるわけで
すが、このことにも八雲が、すなわち八雲の作品と業績が深くかかわって
いたこと。実は、連合軍総司令官マッカーサー元帥に対し、天皇の戦争責
任を問わない、とする強いはたらきかけをしたのは、軍事秘書官ボナー・
フェラーズでした。彼は八雲の作品の愛読者で、その作品を通して、日本
の良き理解者でした。まさに八雲の作品が、戦後の日本に大きな貢献をし
たのです。この史実は私にとって目からウロコ。世間一般にも、このこと
はほとんど知られていません。改めて八雲を見直すべきだと思いました。

　四つ目は、松江市に住む人なら、これまでの日常生活の中であまり意識
していなかったこと。例えば、学校給食の中に、アイルランド風献立があっ
たり、松江市役所でのアイルランドからの派遣職員の活躍。市内公民館で
のアイルランド料理講習会。アイルランド衣装での市内行進。そしてニュー

オーリンズとの友好活動。いずれも平成元年（1989）松江市制百周年事業（中学生ヨーロッパ派遣も含めて）をきっかけに始まったことだと思います。これらはすべて小泉八雲とのご縁で可能となったことばかりです。時が経つと風化してしまいますが、今一度感謝の気持ちを持ち直すべきだと思いました。本書の中で、八雲の松江市在住時代を、『西田千太郎日記』をもとにエネルギッシュに地域を歩き回る姿をあえてくわしく書いたり、市内の昔話４話だけ具体的に紹介したのは、この考えからです。

　私自身のこれまでのことを振り返ると、反省すると、言いにくいのですが、やはり小泉八雲を正しく深く理解するには、「小泉八雲記念館」と「旧居」の現地見学をまず、まっさきにしてみることでしょう。これをキーポイントとしておすすめします。その前後に本書をテキストとして使っていただければ大変喜びます。

　さて、本書でもって「親子で学ぶシリーズ」は第９弾となります。だんだん加齢とともに、文章が下手になり、読者の皆様には申し訳ございません。今回は八雲生誕170周年企画展「小泉八雲、妖怪へのまなざし」（2020．６．27〜2021．６．6）のオープニングも、本書刊行の起爆剤となりました。特に、特別寄稿を寄せていただいた小泉八雲記念館館長小泉凡先生はじめ、学芸スタッフの小泉祥子さんと田根裕美子さんには拙い原稿にアドバイスしていただき、当館職員木村由紀子さん、森脇多江子さん、園山知子さん、野津瑞季さん、藤原敬廣さん、真柄志帆さん、鎌田潤一さん、田川寛枝さん、坂本絵美さんの方々には多方面にわたって大変お世話になりました。

　資料提供に快く応じていただいた小泉八雲記念館、松江市、松江市教育委員会学校給食課、本書掲載の八雲の作品４話の原作者大塚享義さんと岡崎雄二郎さん、ご教示いただいた江角香織さん、引野律子さん、山﨑裕二さん、発刊に至るまでご尽力いただいた山陰中央新報社出版部加地操さん、同社指定管理事業統括青山明弘さん、㈱クリアプラスの間庭嘉昭さん、石倉玲子さん、毎回すばらしいイラスト・デザインを作っていただく多久田寿子さん、そして誠にお忙しいのにもかかわらず、今回で8回目になりますが、巻頭言を快くお引き受けいただいた藤岡大拙先生に厚くお礼を申し上げます。

令和２（2020）年12月５日

著者略歴

宍道　正年（しんじ　まさとし）

1948年、島根県松江市生まれ。島根大学教育学部卒業後、小学校教諭に。1989年４月から1992年３月まで３年間は八束郡島根町教育委員会派遣社会教育主事。島根県古代文化センター長、島根県埋蔵文化財調査センター所長、島根県教育庁文化財課課長など歴任し、2008年３月松江市立法吉小学校校長を最後に定年退職。2010年８月から2019年３月まで松江歴史館専門官。４月からフリーランス（雇用的自営業者「宍道正年歴史研究所 代表」）。主な著書に『島根県の縄文式土器集成Ⅰ』(1974)『ふるさと日御碕』(1976)『日御碕少年剣道の歩み』(1975)『小学校剣道部経営』(1979)『清原太兵衛と佐陀川づくり』(1983)『島根の考古学アラカルト』(1984)『宮尾横穴群』(1992)『亀田横穴群』(1993)『（ビデオ）チェリーロードわが町』(1990)『入海の見える校長室から』(2008)『丘の上の校長室から』(2008)『ふるさと久多美から松江へ』(2008)『親子で学ぶ松江城と城下町』(2012)『親子で学ぶ松江藩の時代〜松江歴史館で見る〜①』(2013)『（ＤＶＤ）親子で学ぶ周藤弥兵衛の〝切通し〟と〝川違え〟』(2012)『親子で古代史の宝庫荒島を歩く』(リーフレット)『米作りに生涯をかけた荒島の先人たち』(リーフレット)『親子で古代出雲の荒島を歩く〜荒島はすごい〜』(2014)『島根町チェリーロードの五十年』(2015)『維新十傑・前原一誠と松江の修道館そして大社町宇竜』(2015)『親子で学ぶ国宝松江城』(2016)『（ＤＶＤ）戦国武将宍道氏とその後〜尼子氏と宍道氏のかかわり〜』(2016)『親子で学ぶ国宝松江城のお殿様①』(2017)『日御碕少年剣道の生い立ち』(2017)『親子で学ぶ国宝松江城のお殿様②』(2018)『久多美少年剣道四十年の歩み』(2019)『親子で学ぶ松江城と富田城の時代』(2019)『親子で学ぶ世界遺産石見銀山』(2019)などがある。

日本考古学協会員、全国宍道氏会世話人、松江市月照寺大亀の石研究会代表、前原一誠を再評価する会世話人。剣道２段。松江市在住。

国際文化観光都市松江市制定70周年記念

親子で学ぶシリーズ　第9弾

親子で学ぶ 小泉八雲

令和2 (2020)年12月5日発行

著　　者　　宍道　正年

デザイン　　多久田寿子

発 行 所　　山陰中央新報社

　　　　　　〒690-8668 松江市殿町383

　　　　　　電話 0852-32-3420（出版部）

印　　刷　　㈱クリアプラス

製　　本　　日宝綜合製本㈱

ISBN978-4-87903-242-3　C0021　￥1500E